De la même auteure

Tremblement de mère, Flammarion Québec, 2013

J'écris
tu aimes
ça chie

DIANE LAVOIE

J'écris tu aimes ça chie

Libre Expression
Une société de Québecor Média

Catalogage avant publication de Bibliothèque et Archives nationales du Québec et Bibliothèque et Archives Canada

Lavoie, Diane, 1962-
J'écris, tu aimes, ça chie
ISBN 978-2-7648-1187-0
I. Titre.

PS8623.A836J4 2016 C843'.6 C2016-941115-X
PS9623.A836J4 2016

Édition : Johanne Guay
Révision et correction : Gervaise Delmas et Sabine Cerboni
Couverture et mise en pages : Clémence Beaudoin
Photo de l'auteure : Julien Faugère

Remerciements
Nous remercions le Conseil des Arts du Canada et la Société de développement des entreprises culturelles du Québec (SODEC) du soutien accordé à notre programme de publication.
Gouvernement du Québec – Programme de crédit d'impôt pour l'édition de livres – gestion SODEC.

Financé par le gouvernement du Canada | Canada

Les Éditions Libre Expression
Groupe Librex inc.
Une société de Québecor Média
La Tourelle
1055, boul. René-Lévesque Est
Bureau 300
Montréal (Québec) H2L 4S5
Tél. : 514 849-5259
Téléc. : 514 849-1388
www.edlibreexpression.com

Dépôt légal – Bibliothèque et Archives nationales du Québec et Bibliothèque et Archives Canada, 2016

ISBN : 978-2-7648-1187-0

Distribution au Canada
Messageries ADP inc.
2315, rue de la Province
Longueuil (Québec) J4G 1G4
Tél. : 450 640-1234
Sans frais : 1 800 771-3022
www.messageries-adp.com

Diffusion hors Canada
Interforum
Immeuble Paryseine
3, allée de la Seine
F-94854 Ivry-sur-Seine Cedex
Tél. : 33 (0)1 49 59 10 10
www.interforum.fr

À Louise et Cambron, parce que ça existe...

Je suis célibataire, comme on dit

Je n'aime pas beaucoup ce mot, cela semble un choix. C'est un mot de notaire, un carré à cocher, bien avant conjoint(e) de fait ou marié(e). Un statut par loi, onze lettres sans émotion qui n'ont rien à voir avec ce que l'on ressent en étant « célibataire ».

Je préfère dire que je suis seule, c'est moins froid, plus proche de la réalité, pas du tout aseptisé. Forcément, un peu moins gai et, surtout, pas tentant. Personne ne voudrait choisir cette situation navrante si elle était ainsi nommée, offerte en carré, avant conjoint(e) de fait ou marié(e). Parfois, quand la visite est partie après s'être incrustée une semaine ou quand l'enfant a invité des amis à coucher et que leur niveau de décibels s'est inversé proportionnellement à leur jugement, j'ai envie d'être seule. Parfois, quand je suis fatiguée et que je n'ai plus envie de retenir mon ventre, plus envie de me laver ou de dire de vrais mots, j'irais dans une caverne, seule. Parfois, aussi, quand j'ai du bon chocolat ou un sac de chips, je ne veux pas d'amis.

Mais je ne veux pas toujours, toujours, toujours, toujours être toute seule.

Toute seule. Être toute seule, ça veut dire qu'avec une grosse migraine, un gros rhume ou une jambe cassée, vous pouvez bien crever, personne ne vous fera une soupe au poulet ou ne conduira la voiture vous menant à la clinique. Personne n'ira chercher vos médicaments ni ne fera laver l'auto dans laquelle vous avez saigné en allant acheter vous-même vos pansements. Personne ne vous préviendra d'une tache au profil cancéreux poussant dans votre dos. Personne ne massera vos épaules le soir d'un déménagement, la journée où vous aurez tout fait, tout coordonné, forcé après les cartons trop lourds, trouvé les draps, fait le lit sans avoir trouvé la boîte des pyjamas. Personne ne sera heureux de se coucher tout nu près de vous. Personne ne vous offrira un verre de vin : « Viens, on est arrivés dans notre nouveau nid… » Vous irez vous coucher épuisée, après avoir mangé sans joie une pizza que vous aurez commandée vous-même, que vous mangerez sans ustensiles parce que personne ne défaisait les boîtes de cuisine pendant que vous sortiez la brosse à dents et les serviettes de bain. Personne ne viendra à votre secours le jour où vous aurez besoin d'aller chez le vétérinaire, chez le pédiatre, au garage ou de rester à la maison pour attendre le réparateur de laveuse. Oubliez vos troubles personnels, vous passerez toutes vos journées écartelée, consultant le médecin uniquement quand votre vaginite sera bien mûre, pas avant deux mois. Personne ne mettra les valises dans la voiture quand vous vous déciderez à conduire jusqu'à la mer avec l'enfant qui renversera son jus sur le chien et la banquette arrière. Personne ne se réjouira que le jus n'ait pas à être uriné en catastrophe au bord de l'autoroute pendant que, perdue, vous cherchiez votre chemin.

Toute seule, ça veut aussi dire qu'on ne célèbre pas grand-chose, à part la survie quotidienne. Vous savez, tous ces petits bonheurs qui ne pèsent rien en réussite : « Tu sais quoi, aujourd'hui, j'ai retrouvé les pyjamas ! » On dit que la vie est belle parce qu'elle est la somme de plein de petites joies. À ne jamais les partager, on finit par ne plus les voir, et à ne jamais voir les petites joies, on perd de vue les plus grosses. « Ah bon ? Tu as gagné un prix Gémeaux ? Tu ne l'as pas dit ? »

À qui ? Quand on n'entend jamais l'écho, on finit par arrêter de parler.

Toute seule. Ça veut aussi dire qu'on ne nous dit jamais : « Je t'aime, tu es ce que j'ai de plus beau. » Ou : « Tu me fais du bien. »

On ne se sent jamais tout à fait la nécessité d'exister, sauf quand il faut terminer ce qu'on a commencé, seule, en remplissant tous les engagements qu'on a pris. Ainsi peut-on, au moins, se justifier d'exister. Jamais une paire d'yeux pour apprécier ce qu'on fait ou ce qu'on est, jour après jour. Après jour.

Bien sûr, être seule, célibataire, ne veut pas dire qu'on n'a pas de famille. Mais encore, la famille d'où l'on vient n'est pas celle qu'on fonde. Que la famille d'où vous êtes issue soit un réconfort accuse d'autant plus votre solitude. Vous ne pouvez pas vous inscrire dans une continuité et, tôt ou tard, le noyau d'origine s'étiolant, vous serez seule pour de bon, regrettant de ne pas avoir recréé une cellule affective.

Bien sûr, être seule, célibataire, ne veut pas dire qu'on n'a pas d'amis. Les amis, ceux qui passent et qui s'arrêtent dans votre vie au gré de leur disponibilité. Le lien d'amitié, aussi fort et durable qu'il puisse être, est un trait pointillé. Il vous soutient parfois, vous laisse dans le vide et le silence à d'autres occasions. Ce n'est ni mal ni bien, c'est l'amitié. Avoir des amis, même beaucoup, ne gêne pas la solitude. Elle s'invitera pour votre anniversaire, le jour où Marie a pensé qu'Éric vous avait conviée au resto pendant qu'Éric croyait que Sophie vous fêtait. Vivement Noël.

Bien sûr, être seule, célibataire, ne veut pas dire qu'on n'a pas d'enfants. Ils vous aiment de tout leur petit cœur, inconditionnellement, vous tendent les bras, vous submergent de mots affectueux. Ils sont toujours là, fournissant des tas de besoins pour vous tenir occupée ou pour vous faire produire de l'ocytocine. Ils sont une bonne raison de vous tenir debout, même sans jambes, ils sont l'énergie et la vie que vous leur donnez, mais si un soir vous êtes triste, vous ne mouillez pas les enfants de vos larmes, vous gardez l'humidité pour vous et essayez de ne pas moisir, pour qu'ils ne le sentent pas. Ils ne seront jamais les bras accueillants dans lesquels vous pourrez tomber nue et sans retenue.

Je suis seule depuis trop longtemps et j'en ai marre. J'ai beaucoup réfléchi à la solitude. D'abord, j'ai eu des années pour le faire ; ensuite, on dit aux célibataires : « Prends le temps, vis un peu avec toi-même, savoure ta liberté ! » Ah bon. Re-réfléchi. Pourquoi je serais si impatiente d'être accompagnée ? Pourquoi en aurais-je assez de chiquer de la vieille liberté ?

Les bons conseils sur le célibat proviennent souvent de couples qui ne connaissent pas le petit goût âcre de la solitude. Ils ont un souvenir lointain et exaltant du temps où ils étaient jeunes, beaux et pleins d'hormones, un temps où être célibataire signifiait être libre, pas seul. La liberté était délicieuse aussi parce qu'elle était neuve. On s'émancipait à peine de nos parents, on n'allait pas s'attacher, même avec un joli lien au beau grain de peau. Le célibat était une période de chasse… et de trophées, tout le monde était disponible, frais, avec de nouveaux organes à essayer, il y avait un mouvement perpétuel de jumelage, d'essai. Ce célibat était oxygéné. Et que je me rappelle, à cette époque, nous dansions aussi sur les tables, dans les bars. Plus maintenant, à cinquante-deux ans. Encore moins quand on est une fille, hélas. J'y reviendrai.

Maintenant, en adulte mature, on peut passer des jours, des mois, des années à ne jamais rencontrer personne de ragoûtant. Et si, par hasard, une créature se présente avec un intérêt, c'est la disponibilité qui manque. À cinquante-deux ans, la période de chasse est terminée depuis longtemps, le gibier, plus rare. Après des années de rationnement, on finit par croire que ce n'est simplement plus possible et on laisse le raisin sécher. On perd le goût de trouver, on perd même le goût de chercher. Le plus triste, c'est qu'à la fin on perd le goût d'y rêver.

Parfois, j'ai des moments de lucidité et je me dis que je ne vais pas passer le reste de ma vie seule, non, madame. Je suis pragmatique. Quand je veux des draps, je vais au magasin de draps. Quand je veux du manger, je vais à l'épicerie. Pourquoi faire tant d'histoires avec l'amour ? Pourquoi ne peut-il venir que du hasard, dans le métro, au parc à chiens ou présenté par une connaissance ? Pourquoi ne pas aller simplement au magasin… sur des sites de rencontres, dans une agence de rencontres ? Se mettre les deux mains dans le pot de biscuits et rencontrer plein de gens libres et disponibles qui cherchent aussi ? Et moi qui n'ai peur d'aucun tabou, qu'est-ce que je fais à bretter, à hésiter autant avant de dire « Oui ! Je veux un amoureux » ?

Beuh, pas le fun. Pas le fun à dire. On dirait que c'est honteux de ne pas être aimée. Possiblement. Mais avoir honte de chercher à l'être ? *Come on !*

C'est décidé, je vais sur Internet.

Houuuuuuuuuuuuuuuuu, préjugés.

Veux pas y aller. Veux pas y aller.

Houuuuuuuuuuuuuuuuu, préjugés et PEUR.

Oui, madame, pré-ju-gés. Il n'y a sûrement que des restes, des restes de couples, des restes de petits gros qui ne trouvent personne, des restes de pas-bien, pas-adaptés, pas-fonctionnels. Tout le monde a des préjugés, ceux qui n'y sont pas allés, ceux qui connaissent quelqu'un qui y est allé, ceux qui connaissent quelqu'un qui connaît quelqu'un qui y est allé. Chercher son Roméo sur Internet est une activité inavouable comme manger des crottes de nez ou faire des traces de *break* dans ses sous-vêtements, tout le monde en a entendu parler, personne ne l'a fait. On dit de se méfier, car sur les réseaux internet il n'y a que des imbéciles en rut. Des innocents qui mangent toutes sortes de fruits à pleine bouche, en gaspillant la chair, en y laissant la peau ou le cœur.

Oui, monsieur, PEUR. Peur d'être vue. Peur d'avouer que je suis si mal prise que je doive aller LÀ. Peur qu'en plus d'y aller, je revienne bredouille. Peur d'être, moi-même, un reste. Peur qu'en comparaison je sois grosse, sans allure, dysfonctionnelle, vieille et laide. Peur d'être aussi méprisable que ceux que je méprise d'être là.

Ça va faire, j'y vais. Il n'y a pas beaucoup d'autres choix parce que, vous savez quoi, quand vous fréquentez déjà une épicerie, promenez déjà un chien, rencontrez plein de gens au travail ou dans vos autres activités, ben vous avez épuisé vos occasions de rencontres. Si en cumulant les dernières années, vous avez trop d'une main pour compter les Roméo potentiels, il reste le Net et la messe, pour la clientèle ou la prière.

Théoriquement, il y aurait aussi les agences de rencontres, celles à qui on a envie de payer des sommes exorbitantes pour acheter un peu de confort, mais… oh ! elles n'acceptent pas les femmes de plus de cinquante ans dans leur banque, faute de clients preneurs. Ciao, bye.

Ça ne rassure pas…

Alors, *go*. Je veux un amoureux, j'ai du jugement, je pourrai flairer les imbéciles. Et puis je ne veux pas DES imbéciles, je n'en veux qu'un. Et si j'existe sur ces réseaux, il existe indéniablement une autre personne qui n'y croit pas trop, avec juste assez de courage pour risquer d'essayer.

Au moins une ?

JE-NEEEEEEEE-VEUX-PAAAAAAS-Y-ALLLLLLER.

La première fois que je suis allée sur Réseau Rencontres, je n'étais pas seule

Je n'avais pas le courage.

J'ai ouvert l'interface en faisant semblant que je n'étais pas moi. À un cheveu de porter des lunettes avec un faux nez. J'avais peur qu'on me reconnaisse, qu'on sache ma solitude, qu'on me pointe du doigt. C'était aussi fondé que d'écouter la TV habillé, en 1954, pour éviter d'être vu nu par les animateurs. Je n'étais pas tout à fait rationnelle.

Le contenu des pages m'a vite distraite de mes peurs…

C'est quoi, ça ?

Des portraits hideux de candidats, où on voit clairement qu'une ex a été découpée pour se présenter en solo. Des photos de webcam, avec un angle pour mettre les trous de nez en valeur. Des clichés pris en voyage ou avec un verre de vin. Quoi, les gars ? Vous vous sentez plus relax, plus riches en voyage ou sous l'influence de l'alcool ? Vous pensez vraiment que Christian Bégin est sexy parce qu'il boit du « vino » ? Et puis ces descriptions banales qui commencent par « Je ne sais pas parler de moi » ou « Je ne crois pas trop aux sites de rencontres ». Ah ouin ? Qu'est-ce que tu fais là ? Ou encore « Je n'ai pas trop envie d'être ici, mais on ne sait jamais… » Devine quoi, tu n'es sûrement pas le seul à avoir pensé ça, Einstein. Tu gaspilles des mots pour te vendre, sois pertinent avant d'être zappé. « J'aime mes enfants plus que tout. » Ouiiiiii ? C'est touchant et on se sent quand même bienvenue… Et que dire du grand classique : « Gars pas compliqué au passé réglé »… Quoi ? Qu'est-ce que ça veut dire, « passé réglé », tu as enterré ton ex, vendu les enfants en morceaux, assassiné tes vieux parents ?

Puis, franchement, la couleur de votre masculinité, rose ou pas tout à fait rose, on ne veut pas la savoir. On veut la voir. Comme le sens de l'humour, dites pas que vous l'avez si rien dans votre fiche n'est drôle. Pour ce qui est de laisser des fautes dans la rédaction de la fiche, c'est comme manger de l'ail avant la première rencontre, on peut s'éviter ça.

Parcourir la liste de candidats est la première épreuve. S'apercevoir qu'il faut aussi s'aligner avec les autres femmes est la seconde. Essayer de se décrire justement est difficile. Le faire sans manquer de modestie, de réalisme, de préférence avec humour et séduction, est un exercice complexe, voire impossible en une dizaine de mots. J'ai fait comme probablement la plupart des gens la première fois, j'ai écrit une fiche approximative, plutôt standard, sans saveur particulière. Une suite de qualificatifs plus ou moins contradictoires. Artiste et cartésienne, extravertie et réservée, mère, végétarienne, mince, brune, pessimiste. Ou quelque chose comme ça. Sans fiche, vous ne pouvez écrire à personne. Pas que j'en avais envie.

Go!

Robert, mon ami gay, avait décidé qu'il me trouverait un homme. Un classique. Heureusement, parce que je manquais de motivation. Robert a tout fait, comme dans les films de filles. Il en a choisi un, lui a écrit et m'a obligée à le rencontrer. « L » était mignon, malgré une photo de plage dont la douce moitié avait été retranchée. J'ai été superficielle, j'y suis allée, me disant qu'au pire je couperais le son et me contenterais de le regarder. Beau à ce point-là.

À la seconde où je l'ai aperçu, j'ai eu envie de m'enfuir. J'avais promis à Robert de faire un effort, je n'ai pas reculé. En apparence.

L était comme un échantillon de peinture. On passe des heures à le regarder en magasin, on se décide en se pensant bonne, oui, je vois bien la famille de cette couleur, elle tire vers le jaune. Avec la lumière de la maison, ce sera joyeux. On colle l'échantillon sur le mur et on le regarde pendant des jours en se pensant bonne, oui, je vois bien la famille de cette couleur, elle tire vers le jaune. Avec la lumière de la maison, c'est joyeux. On peinture le mur et... déception, ça tire vers le « drabe ». Clairement, le magasin s'est trompé, je savais que le commis n'avait pas l'œil vif. On remet l'échantillon sur le mur et la couleur est identique. Oui, oui, c'est bien celle-là. Ça ne marche juste pas et ce qui est lumineux sur papier tourne au « drabe » dans la vraie vie.

Il y a eu quelques autres communications entre le gay responsable de mes amours et des *prospects*, mais le cœur n'y était pas. Je n'avais plus envie de jouer, trouvant à redire sur tout. Je me suis forcée une dernière fois, parce que je peux être radine à mes heures et que j'avais payé pour être là. Cette fois, je choisis tout, le garçon et les mots pour m'adresser à lui. Hormis sa description physique, il aurait pu être mon jumeau, d'intérêts ou de façon de les formuler.

Bonjour E,

Si j'avais vraiment maîtrisé la rédaction de fiche descriptive, j'aurais écrit exactement la vôtre, féminisant quelques adjectifs. Vous croyez que c'est un avantage ou c'est ennuyant comme un jour de pluie ?

d

Zéro réponse, gros pas poli. Ici, on peut être mal élevé, en plus d'être sans gêne de l'être.

Si seulement ça avait été concluant… Une seule fois, on se trouve, on n'en parle pas. Peut-être un jour, soûls morts dans un party, on aurait pu en faire la confidence à des proches : « Oui, on s'est rencontrés sur Réseau Rencontres… » Pitié ! Pas y retourner, pas deux fois, trois fois, quatre ! Pas d'essai-erreur, pas d'impolitesse, pas d'échec.

Seule, c'est déjà assez dur, pas déçue par-dessus ça.

Be-bye.

Je ne voulais plus, j'ai effacé ma fiche, mon compte. Je me suis éclipsée du réseau, comme on se dépêche de jeter les bouteilles vides le lendemain d'une beuverie, pour faire disparaître les preuves. Quand on a mal au cœur d'avoir bu comme un porc, on ne rajoute pas l'embarras de l'avoir fait en plus, on efface les traces.

LA DEUXIÈME FOIS QUE JE SUIS ALLÉE SUR RR, C'ÉTAIT L'ÉTÉ

L'été, une période idéale pour être amoureux. Les petits oiseaux, le soleil, on se dit: «Me semble que je serais bien avec un verre de vin blanc frais et une main de garçon.»

J'aurai péché deux fois, Seigneur, je retourne dans les affres virtuelles. Pardonnez ma mauvaise foi et ma réticence, je ne vois pas d'autre choix.

Je crois que ma fiche était plus personnelle, un peu pudique et distante. Ma première aventure m'avait vaguement fait comprendre le fonctionnement de RR. Cette fois, j'étais décidée à chasser moi-même. Pas d'intervenant gay. Par les cornes, le taureau. J'ai fait une recherche avec des paramètres avancés... Tellement de paramètres qu'à la fin, sur une banque de 808 645 candidats, je me suis retrouvée avec dix-neuf possibilités.

Peut-on dire que je savais ce que je voulais?

Ben quoi?

Au hasard de la vie, quand on rencontre des gens dans leur tout, avec leurs phéromones et les autres jus, il se crée une attraction mutuelle réciproque ou non, totalement concrète et non négociable, on vérifie la théorie après. Si je devais commencer par la théorie, mieux valait commander le bon produit en partant : cinquante-deux ans, grand, mince, éduqué, sans enfant, situation aisée, membre actif, belle apparence physique, de Montréal.

Avec un chausson.

Membre actif, ce n'est pas une qualité sexuelle. C'est un participant qui paie pour être là et qui devrait normalement être un peu plus sérieux qu'un fouineur du dimanche.

Enter.

Dix-neuf candidats, aucun intérêt. J'avais payé 20 dollars pour quinze jours de chasse, je n'allais pas faire le nez fin. Je me suis obligée à choisir le moins mauvais et je lui ai écrit.

Bonjour le dentiste !

Vous avez une façon très singulière d'attirer la clientèle. La modestie et la sobriété ne semblent pas vos qualités premières, sauf qu'en même temps l'étalage de votre fiche descriptive a le mérite de suggérer que vous n'êtes pas minable.

Êtes-vous autre chose qu'une dentition parfaite et une hygiène buccale infaillible, monsieur Melucta ? Une supergéante jaune ? Je soupçonne un ou deux lumens de plus que la moyenne des lampadaires. Oui ?

Je suis sans doute un peu moins show-off *mais je suis un tout acceptable. Je travaille dans un milieu artistique, je ne suis donc pas très conventionnelle. Sans être* freak. *J'apprécie singulièrement l'intelligence et je crois que sur un site pareil on peut s'éliminer aux mots. Je ne présente pas de photo simplement parce que je suis* googleable *et je ne suis pas à l'aise avec l'idée de me savoir trop dévoilée.*

Toujours là ?

d

Pour les archives, il était hors de question de présenter mon visage, mon corps, une rognure d'ongle ou même un acarien m'ayant appartenu. Plutôt mourir que de me faire formellement identifier, comme si la CIA se souciait de moi. Au lendemain du 11 septembre, Ben Laden serait passé pour un exhibitionniste à côté de moi sur Réseau Rencontres.

Intéressant message. Belle analyse. Deux points pour l'astronomie. Erreur sur la profession. Je ne saurais dire si je manque de modestie, cependant : *Non licet omnibus adire Corinthum.*

En fait, je ne suis ni prétentieux et ni vraiment *show-off*, vraiment pas ! Le contenu de mon profil est une réaction à une absence de réaction à des courriels envoyés à des dames qui disent s'intéresser aux artistes et aux gens allumés, et qui ne daignent pas répondre à un message un tant soit peu « différent ».

Je comprends que ton visage est connu, garde l'anonymat le temps que tu souhaiteras.

Toujours là toi aussi ?

M,

Je préfère la distance du « vous » qui facilite la sortie avec élégance. On ne sait jamais. Sur un site de rencontres, il y a plus de préjugés que de lettres entre le b *et le* r *de nos bonjours. Il y a aussi assez de concombres pour les empoter. Je n'y échappe pas, aux préjugés que j'ai et à ceux que je peux inspirer: «Naaa, pas de photo, elle est forcément laide et grosse, en dépit de ses mots…»*

Par prudence, je continue de vous vouvoyer. Pas parce que vous avez lu un Astérix *que vous avez fait un cours classique.*

Je ne suis pas connue, loin de là. Googleable. *En fait nous le sommes tous, vous aussi. Dans mon cas, je deviens très exposée et ça m'agace, l'échange d'infos devient inéquitable. Si vous n'y voyez pas d'inconvénient, poursuivons un brin la théorie. De toute façon, si vous n'êtes pas assez brillant pour écrire quelques mots sans difficulté, nous n'aurons pas d'intérêt à nous fréquenter.*

Oups, j'ai manqué d'élégance.

Je suis designer de costumes, je vis avec ma fille et notre chien. Ma fille défie les maths de mon groupe d'âge, elle a huit ans. Je suis atypique et je n'ai pas peur des défis. Je l'ai adoptée seule mais elle a un père qui fait bien le travail. Jusqu'à son arrivée, j'ai pratiqué le bikram, *un yoga extrême qui pèle les dernières couches d'orgueil des pratiquants. Je n'endure pas la bêtise et devant elle, je râle avec beaucoup de créativité et peu de réserve. J'aime les mots, j'aime surtout leur organisation, j'espère naïvement lire dans l'âme de ceux qui les prononcent ou les écrivent. J'ai assez de facilité avec beaucoup de choses. Je suis seule depuis trois ans. Toujours été en couple avant, pas dysfonctionnelle. Je trouve le célibat inutile. Je n'ai pas une grande expérience du réseau et la seule rencontre que j'y ai eue a été plusieurs étages en dessous de mes attentes. Je ne voudrais pas manquer d'humilité... je voudrais simplement trouver quelqu'un qui ne soit pas « moins » que moi.*

Oups, j'ai manqué d'humilité.

Toujours là ?

d

Si je suis là ? Où irais-je ? Vous êtes captivante !

Pardonnez-moi d'avoir si rapidement laissé pour compte la distance du « vous », moi qui, dans les échanges courtois, l'ai tant et tant de fois utilisée. Bien peu « d'elles » ont su apprécier sa valeur et sa poésie, vous êtes différente... vive et acérée.

Merci de m'avoir initié à votre réalité. La mienne est toute simple, si tant est qu'une vie humaine peut l'être.

Je suis maintenant seul aussi depuis trois ans. Serais-je dysfonctionnel ? J'en doute, mais rien n'est impossible. J'aime penser que je sais ce que je veux ou ne veux pas et bien que je le sois un peu plus en vieillissant, je n'ai pas toujours été un modèle de tolérance. J'ai été en couple deux fois assez longtemps pour figurer que j'aime le « filet » que cela procure. Et puis, cette force de savoir que peu importe le naufrage, on a toujours une île vers laquelle nager. Ce partage de tout et de rien, cet échange de beau et de travers. J'aime aussi la deuxième vitesse, qui fait passer de l'accouplement à la fusion euphorique, deux corps dont on ne distingue plus le propriétaire.

Vous pourrez me parler de solitude *ad nauseam*, je n'y vois plus de plaisir.

Mon expérience de Réseau Rencontres est également très limitée. C'est un outil comme un autre pour tenter sa chance à la roulette du bonheur. Comme dans la vraie vie, il y a forcément plus de tatas que de Prix Nobel. Le royaume de la Moronie n'est pas sur le point de se dépeupler totalement.

Ceci dit, chacun cherche son chat, et il se peut fort bien que je ne convienne pas à la moyenne des ours, ce qui me plaît assez, je dois l'avouer.

Vous dites que vous aimez les mots, j'abonde dans le même sens. J'aime, comme vous le dites, parler directement aux cerveaux de mes interlocuteurs, sans avoir à gérer le bruit du non-verbal.

Je travaille dans l'investissement, je suis donc également « Google-able ». J'aurais plus à m'inquiéter de ne pas être assez connu que l'inverse.

J'arrive d'une escapade dans Charlevoix, virée d'une seule nuitée sous la tente, en moto, pour y rejoindre un groupe de bons amis et leurs nombreux enfants.

Quand vous dites que vous êtes « atypique » je crois entendre mon propre père qui m'a souvent dit, gentiment tout de même : Tu es différent, mon garçon !

Bravo pour votre fille. J'aime bien les enfants même si j'ai décidé assez tôt dans mon existence que je ne procréerais pas. Ce n'était cependant pas un vœu d'abstinence, heureusement.

Toujours là ?

M

Toujours là ? Où voulez-vous que j'aille ? Vous êtes captivant et vous lisez des Astérix *!*

Je vous taquine, pardonnez-moi.

Bien, gardons le vouvoiement, cette forme ancienne de respect me plaît beaucoup et convient parfaitement aux anticonformistes que nous semblons être.

J'ai utilisé le mot « moronnerie » la première journée d'école de ma fille. Je croyais jusque-là que c'était une association de quelques individus, une confrérie qu'on pouvait éviter. Eh non ! c'est une société organisée, les morons se reproduisent et leurs enfants se retrouvent dans les cours d'école, il y en a même qui enseignent ! L'éducation d'un enfant est une belle aventure intellectuelle qui vous aurait peut-être plu. Cela force à la réflexion et au ménage idéologique.

Je n'ai jamais voulu non plus me reproduire, aider à grandir est bien assez noble pour moi, inutile d'y rajouter mon sang, ma chair et la flétrissure de ma peau de ventre.

Escapade, moto et tente. Vraiment loin de ce que je vis. En même temps, j'en ai fait assez long « à ma façon » pour me permettre d'essayer autre chose sans risquer de me diluer. En fait même, je souhaite autre chose. Je travaille beaucoup. Beaucoup. Il y a des matins où, captive de mes horaires serrés, je me lève en me disant « there must be something else ». *Qu'il doit y avoir une autre façon de faire les choses qui m'a échappé jusqu'à maintenant. Pas parce que ma vie est toute croche, au contraire ! Simplement pour avoir plus de plaisir, vivre mieux, ou plus lentement.*

Tiens ! Curieux, cette direction. Bah, j'écris, puisque ça me plaît, que je suis en vacances et que vous êtes assez futé pour lire et répondre.

Enfin, j'imagine.

Profitons du moment, cette espèce de suspension où rien n'est encore tout à fait visible!
d

D,

Il se dégage de votre tout dernier message un léger embrun de désespérance face à la chose humaine. Vous auriez encore des attentes que je n'en serais pas étonné. Pour ma part, je demeure optimiste, en fait, davantage idéaliste et rêveur. J'ose encore croire à la force de l'exemple, j'ose encore croire (ou est-ce que je me refuse à baisser les bras ?) qu'il est possible d'améliorer les choses, par la discussion, l'exemple, un brin de coercition et beaucoup de patience.

Rendre le moron moins moron s'avère hélas impossible. Sur la route, je collectionne les exemples de pulsions de mort par inconscience à la centaine. L'étourderie ne serait finalement qu'une nouvelle forme de sélection naturelle. Dommage qu'elle emporte trop souvent ceux qui mériteraient de vivre plus vieux et en un seul morceau.

Parlant de temps, d'horaire, de vie de fou : j'ai fait le choix, il y a plus de quatorze ans, d'être travailleur autonome. D'avoir, donc, le meilleur et le pire des patrons : moi-même ! Je suis beaucoup trop rebelle pour accepter de m'astreindre à un horaire prédéfini par des compteurs de têtes.

Le temps étant la plus précieuse richesse, j'ai choisi d'être le maître du mien. C'est sans doute le plus bel accomplissement de mon existence. Alors, oui : *There is something else*, il suffit d'avoir le courage de l'embrasser, je vous le souhaite de tout cœur.

J'aime bien votre hésitation à admettre que je puisse être presque à la hauteur de vos attentes. Ahhh… Les attentes ! « … je suis en vacances et que vous êtes assez futé pour lire et répondre. Enfin, j'imagine. » Oui, nous imaginons tous les deux, c'est là la beauté de la chose. Ça fait partie du plaisir de l'attente, de l'espérance d'avoir enfin trouvé le bon filon, de toucher de plus près les étoiles, de léviter malgré soi dans une bulle d'éther. L'imaginaire se fiche un peu du rationnel, le rêve est beau, la liberté n'est pas banale.

Je suis rêveur, un brin contemplatif. Il me plaît de croire que je puisse moi aussi léviter. Après tout, même si ce n'est vraiment pas une question de mérite, je crois sincèrement le mériter. Allez savoir pourquoi.

Oui, profitons de la suspension, de l'apesanteur, du vide que nous remplissons peu à peu, à tâtons, un grain de sable à la fois. Nous sommes loin de la plage, mais curieusement, nous imaginons le rivage.

M

Je suis sciée. Je viens d'aller manger du savon pour enlever les dernières traces de préjugés. Je pense même aller me faire bouillir, histoire de nettoyer à fond. Vous avez vraiment les neurones plus performants que la moyenne des ours. Vous écrivez rapidement, intelligemment.

Dites-moi que vous pratiquez le style de façon intégrale et que vous savez vivre comme vous savez écrire.

J'étais invitée chez des gens assez exceptionnels, ce week-end, et seule dans ma voiture dans le long trajet du retour, je me demandais s'il existait d'autres exemplaires.

J'ai espoir.

d

Chère D,

Vous me faites penser à ce curieux chanteur-acteur de Souchon.

« Passez notre amour à la machine.
Faites-le bouillir
Pour voir si les couleurs d'origine
Peuvent revenir.
Est-ce qu'on peut ravoir à l'eau de Javel
Des sentiments,
La blancheur qu'on croyait éternelle,
Avant ? »

Au fait, des préjugés… sur les gens qui utilisent ce vulgaire outil de RR en quête de bonheur ? Les préjugés ne s'effacent pas, parfois ils s'estompent, remplacés par l'étonnement de voir autrement.

D'agréables exemplaires, il y en a probablement plus qu'on ne le croit. Mais comme il est facile de se cacher et de faire semblant de se fondre dans la conformité, surtout quand être différent est un tort facilement reproché. Les exemplaires recherchés semblent parfois aussi rares que des fraises fraîches en janvier.

Sais-je vivre comme j'écris ? Hmmm, ça mérite réflexion. J'imagine que tout dépend de la personne à qui l'on pose la question. Bien sûr, j'ai tendance à penser que oui, mais il n'est jamais mauvais de se placer dans les chaussures de l'autre, ne serait-ce que quelques instants, pour comprendre ses griefs, ses frustrations, ses limites et la haine qu'inspirent parfois ceux qui comprennent mieux que nous-même nos propres motivations.

Mais sais-je vivre comme j'écris ? Avec beaucoup de mots, bien alignés en nuance, visant la tête ou la rate, frôlant parfois le cœur ? Sans censure, en force et conscience des beautés et difficultés de la vie ?

Je crois, oui. Je dois vivre comme j'écris. Sans doute comme vous le semblez aussi. C'est pour cela que, rarement, on rencontre une âme bienveillante qui nous comprend. Aussi rarement que j'ai rencontré une écriture comme la vôtre.

Ai-je raison ?

Cher M,

Nous nous serons donné à réfléchir. Les âmes que je laisse approcher de la mienne sont toutes bienveillantes. Mais une seule âme qui m'a comprise ? En courtepointe seulement. Ce n'est que sur la somme de beaucoup d'amitiés et d'amours que j'ai été comprise en entier. Ce n'est pas un mal. C'est le prix assumé d'une marginalité assumée.

Je n'ai jamais cherché à me fondre. Je n'ai jamais évité une seule vague pour me reposer dans le calme convenu des eaux plates et je me suis souvent trouvée seule dans mon casseau, fraîche en janvier. Cela dit, pour me permettre la liberté, la créativité, voire la folie nécessaire à mon travail et à ma vie, je suis sérieuse parfois jusqu'à l'ennui.

Eh ben. Normalement, les gens qui s'apprivoisent commencent par la pelure, il semble que nous commençons par la doublure. Continuons, j'ai beaucoup de plaisir à vous lire et à vous écrire. Je réalise à quel point j'ai passé du temps la cervelle affamée et combien, dans la vacuité de nos existences, nous n'abordons rien d'importance.

Quand je fais des costumes, je débute toujours par des « conditions de laboratoire », c'est-à-dire que j'imagine des conditions parfaites. Comme si je n'avais pas un petit budget, comme si l'actrice n'avait pas un caractère de marde ou un gros péteux, comme si j'avais beaucoup de temps d'atelier. Je m'ajuste toujours après, inutile de le dire… Pour la joie de l'exercice, dites-moi, si tout nous était permis, que serions-nous ?

Chère D,

Ouille ! Si tout nous était permis ? J'ai presque peur d'y penser !

Que serions-nous ? Grandioses ? Bienveillants ? Critiqués pour avoir trop essayé de bien faire les choses et tristes de ne pas être respectés ? Pas admirés, pas même appréciés, juste respectés !

J'ai eu longtemps, beaucoup, beaucoup, beaucoup de chagrin à l'idée d'être une île déserte que personne n'approcherait jamais, que personne ne découvrirait totalement… que personne ne comprendrait. C'est sans doute un peu pour cela que j'ai tant cherché à comprendre l'autre, à le prévoir, à le deviner. J'ai sans doute un jour dû me dire : si moi, mon petit moi, j'arrive à saisir l'essence de l'autre, il y a sûrement sur terre un autre moi qui pourrait faire la même chose et qui, sans même me parler, saurait enfin qui je suis, vraiment. Et d'un sourire, pourrait me permettre finalement de respirer d'aise à l'idée de ne plus être ce silencieux solitaire, cet Ovide Plouffe d'un monde où il n'a apparemment pas sa place.

Je ne suis plus triste depuis longtemps. Je suis tellement moins secret qu'avant. Ce message en est la preuve. J'ose me dire à vous, presque candidement, j'ose le risque de me livrer, de m'ouvrir, de prêter le flanc. Je sais n'avoir rien à craindre... sauf de souffrir autrement. Mais à tout prendre et à tout perdre, j'aime encore mieux vivre intensément et risquer des larmes, de la rage, du mécontentement.

Mais revenons-en à la question du jour: Si tout nous était permis... J'ai souvent tendance à penser que c'est un peu le cas, qu'il y a une façon d'aborder, d'accommoder la réalité pour que les plus belles folies soient réalisables, permises, acceptables.

Si tout m'était permis, je ne serais ni despote, ni pape, ni roi ou même Dieu. Si tout m'était permis, je serais moi. Sans peur, sans artifice, brave et sûr de ce que je suis. J'irais sans hésiter vers ma couleur la plus intime, sans embarras, chaotique, vivant et aimant.

M

Woooo, excusez-moi, je dois évacuer.

Je serai hors sujet, au moins le temps de quelques mots. Je suis aussi une mère de haute voltige et tôt ou tard, vous me verriez en acrobatie.

Ma fille est arrivée à trois ans, elle sait d'où elle vient, elle sait l'abandon. Quand on parle de tristesse, si ce n'est qu'elle n'est pas outillée pour l'articuler, elle a un doctorat. Elle fait des colères plus grosses qu'elle, que moi, ou même vous et toute la rue. Je suis là. Au milieu de la douleur enragée, quelque part entre L'Exorciste *et* Jurassic Park. *Simplement, ma tâche est de l'attendre dans un état de calme et non de la rejoindre dans la furie. Elle s'applique à m'y faire venir, avec créativité. J'ai tout entendu.*

Elle se calmera, viendra s'excuser. Vous avez dit comment déjà ? « Qu'il est possible d'améliorer les choses, par la discussion, l'exemple, un brin de coercition et beaucoup de patience. » Vous ne pouviez si bien dire. Mais vous êtes futé. Trêve de secrets, vous avez probablement déjà fait l'équation de quelques mots-clés et googleables, *peut-être savez-vous déjà tout ce que je vous raconte, patient et bien élégant comme il se doit que je prête le flanc moi-même.*

Je crois aussi que nous sommes tous des îles désertes. Ce soir, devant l'emportement (chaque fois surprenant) de ma fille, je me suis prise à nager vers la vôtre.

Elle s'est couchée, je suis calme.

Vous aimez un verre de vin à la fin du jour, quand l'agitation nous laisse ? Ou un cognac, plus tard quand les dernières tensions tombent ?

La tristesse m'émeut. Vous le savez aussi, je crois. Je n'ai aucun filtre, ne connais aucun tabou mais je suis étonnamment pudique et je sais la fragilité de nos dernières couches, celles près du cœur. Je vous remercie de l'ouverture.

Si tout était permis, aujourd'hui, je ne changerais rien, en essence.

Merci de la belle journée.

d

Cher M,

Je vous écris du parc, le soir tombe, ma fille, fière, en fait inlassablement le tour à bicyclette. La joie est revenue.

Votre silence me surprend. Peut-être avez-vous moins de disponibilité. Peut-être vous ai-je déçu. Lequel serait le cas, je n'y pourrais rien et franchement, c'est un peu le risque du jeu. Je serais cependant surprise que vous n'ayez trouvé de meilleure façon de l'exprimer que de vous éteindre en silence. Là encore, vous en auriez aussi tous les droits.

Je voudrais m'assurer que mes derniers mots ne vous ont pas blessé ou agacé. Ç'aurait été bien involontaire. La clarté des choses m'importe. Sans drame, sans amertume, bien simplement.

Il semble que nous atteignons un carrefour, je vous laisse mon courriel personnel, vous y verrez mon nom. Cela vous laisse le choix d'une avenue plus éclairée.

d

Bonsoir D, dans le parc,

Je reconnais bien votre sensibilité. Je ne pouvais vous répondre plus tôt, simplement. Un ou deux impératifs de la vie, rien à voir avec ce que nous vivons, ou plutôt ce que nous nous écrivons. Même si j'avoue honteusement avoir pu, à l'occasion, bouder… je vous assure que vous ne m'en avez pas donné la moindre occasion. Bouder, je confesse, n'est pas vraiment un comportement mature.

Wow, c'est la révélation ! Non, je ne savais pas votre nom ni votre histoire et les seules créations que je vous attribuais étaient exposées sur mon écran, je ne vous savais pas auteure. Je suis du genre à ne pas tenter de savoir ce qui ne se révèle pas immédiatement. Patience ? Pourtant non. Respect ? Sans doute. Il y a aussi ce goût de ne pas déballer tous les cadeaux avant la messe de minuit. Cela dit, aucune déception, le mystère de la découverte demeure presque entier.

Bicyclette : j'ai un tatou de petits graviers sous la peau... C'était en 1970, frais matin de mai, j'étais fier sur mes deux roues comme votre fille doit l'être. Fier et puissant, de cette puissance qui nous est offerte avec un bicycle Mustang et nos huit ans. Un saut sur le beau siège banane et hop ! dans la rue, à pédaler le plus vite possible, les cheveux au vent, avec le clic-clic-clic du carton épinglé sur les rayons. Liiiiiibre !

Je n'aurais pas dû continuer de pédaler en descendant la côte qui menait chez mon ami Luc. J'ai atteint une vitesse illégale en bicycle Mustang. J'ai vu la roue avant se mettre à tanguer comme s'il n'y avait plus d'essieu et je me suis envolé, enchevêtré dans ma bicyclette. J'ai atterri longuement sur le macadam, décélérant à la friction du gravier. Liiiiibre et écorchééééé.

Parc : si le souvenir de la bicyclette fait encore mal, j'en ai un tout heureux de parc. J'avais vingt ans, une ligne de tramway avait été réinventée sur une rue tranquille au bout d'un parc. J'y avais passé la nuit avec Paul Berval et Denise Filiatrault sur un banc. Il faisait froid, et nous étions tous costumés en « été ». Gilles Carle dirigeait le tout et était fort enjoué du résultat. C'était pour le tournage du film *Les Plouffe*. *Il était une fois des gens heureux*, chantait Nicole Martin. Du coup, je suis tout nostalgique.

En général, c'est la musique qui me chamboule, pas les souvenirs. J'ai une anormale mémoire musicale, un don que je n'ai jamais compris.

Je vous imagine, assise sur un banc, dans la fraîcheur du parc, suivant des yeux votre toute petite sur ses deux roues, respirant l'air humide de cette fin de journée. Je m'imagine passer près de vous et vous gronder du regard, m'en prenant sans le dire à l'attention que vous portez à votre téléphone intelligent ou à votre tablette. En pleine nature, même en ville, dans la sacoche ! Comprenez-moi bien, je suis heureux d'avoir eu votre envoi, j'apprécie l'attention que vous me portez. Ne passons-nous pas un peu trop de temps les yeux rivés à ce minuscule écran ?

Je me servirai un *single malt* en solitaire plus tard ce soir, qui sait, peut-être en vous lisant. Je ne vous mets pas de pression, vous êtes en vacances et vous ne me devez rien. Je prendrai les mots que vous m'enverrez comme un chaleureux accompagnement à cette belle nuit qui s'annonce.

À votre santé, D.

Ça prend beaucoup d'humilité pour remettre comme ça, sans filet, les détails de ses humeurs dans des mains étrangères. J'avais oublié le plaisir d'attendre une réponse et la déception de ne pas la recevoir. Je suis soulagée de votre mail.

Vous savez, la distraction d'une mère est essentielle. Elle permet la liberté. Oui, oui, tu peux aller au bout du parc, sois prudente ! Elle permet la latitude dont les enfants ont besoin pour être braves. Oui, oui, monte jusqu'en haut des cordages. Pendant que j'écris, je n'ai pas à lutter contre la tentation de hurler comme une hystérique de descendre immédiatement parce que j'ai tellement le vertige que je ne suis plus raisonnable.

Alors vous boudez !!! Ça me fait rire ! De vieux vestiges de l'enfance, des petits bobos sans mercurochrome. Moi dans l'inconfort, je me retire. Dans un grand inconfort, j'attaque. Ça non plus, ce n'est pas tout à fait idéal. Mais comme je suis transparente, on peut voir et entendre assez facilement quand je ne suis pas bien et tenter d'esquiver l'attaque. Je ne crois pas qu'on doive être fin psychologue pour côtoyer quelqu'un, n'importe qui en fait, dans toutes les formes de relation. Je pense que c'est une responsabilité individuelle de donner « ses clés », de s'exposer, de se connaître donc, assez clairement pour interagir sans obliger personne à suivre un cours en psycho pour nous comprendre. Dans une intimité plus profonde, c'est autre chose, on ne doit s'approcher et se laisser approcher qu'avec beaucoup de finesse, d'observations, de patience et de tolérance.

Vacances, version année difficile. Les vacances pour moi, c'est la mer. Le sable sur le plancher de la douche quand à la fin de la journée on se rince de l'eau salée, la peau bariolée blanche par le maillot. C'est une chaleur jaune impitoyable qui nous fait écraser à l'ombre. Rien de ça, cette année. Nous sommes en mutation, je viens de vendre la maison et j'ai acheté un taudis. Oui, un taudis qui doit être refait complètement. On dit que j'ai l'esprit de nidification très développé et pas une pièce n'échappe à ma main. J'ai un fond de castor, je peux ériger des murs, tirer des joints, poser de la céramique. Cette fois, j'essaie de ne rien faire moi-même. J'ai rencontré ce matin un charmant jeune homme, entrepreneur recommandé par un ami. Je me croise les doigts pour que nous nous entendions sur les sous. Je n'ai plus envie de tout faire, je dois vieillir !

Des vacances en chantier, pas tout à fait comme je les aime, elles seront comme cela, cette année. Fille et chien sans plage.

Vous aimez les voyages ?

À temps pour le scotch. Vous êtes ponctuelle, disciplinée, de belles qualités !

Est-ce que j'aime les voyages ? Oui… ces moments loin de nos obligations et mots de passe… Vous avez remis à ma mémoire un voyage de rêve. Au Mexique, nature exubérante, paysages magnifiques. En moto et en été, ensoleillement caniculaire et oui ! sable au fond de la douche qui était, pour le charme tout exotique, extérieure. Au début, prude et nord-américain, j'hésitais à me dénuder, pour me rendre et même pour me doucher. Petit à petit, j'ai « strippé », enlevant une à une les couches de vêtements et les conventions sociales. Quel plaisir de sentir à la fois l'eau, le vent et le soleil sur son corps, sans pudeur. Quelle volupté de sentir son existence en entier dans le spectacle soufflant d'un paysage paradisiaque. Vous m'apportez un autre souvenir qui chamboule, encore sans musique.

Vous avez un chien ? Je ne vous imagine pas avec un petit animal blanc ébouriffé, aux multiples pas inutiles et aux yeux vides. Je n'ai pas beaucoup de patience pour la futilité. Pour peu de choses, en fait.

À ce soir, j'espère, chère D.

M

M,

Je n'ai pas beaucoup de patience non plus. Ce soir, quand j'ai entendu la vibration de mon téléphone, celle qui indique un mail, j'aurais bien laissé tous mes amis en plan. Ils étaient quatre. Une petite famille très proche de nous. Je fréquente des gens très différents et on pourrait dire de tous que ce sont mes meilleurs amis.

Je ratisse large, en amitié, en goût, en vie et je ne laisse jamais rien ni personne en plan.

J'aime ces gens de tout mon cœur, sauf que je ne voulais pas manquer le scotch.

Mon chien est très grand, c'est un bouvier bernois de 150 livres. Nous sommes sa deuxième famille, je l'ai adopté d'un premier clan après cinq ans. Je me suis bien gardée de juger ces gens-là, sans eux je n'aurais jamais connu mon gros garçon poilu. Mais jamais, jamais, comme dans jamais, je n'abandonnerais mon chien. J'ai choisi mon taudis dans le même quartier pour que ma fille et mon chien s'y trouvent bien, dans les mêmes parcs, avec les mêmes amis. Euh… éventuellement.

Vous écrivez vraiment très bien, ça me fait un peu peur. S'il y avait des règles sur les rencontres virtuelles, je les aurais probablement lues, certainement pas suivies. Je me permets donc d'écrire ce que je ressens comme cela vient. Les artistes, ceux qui ont une créativité peu commune, ont souvent un manque béant d'affection, d'attention ou de lumière. Rares sont ceux qui vivent leur « don » avec équilibre. Je ne recherche pas la lumière, j'aime la sobriété. Mes talents m'ennuient puisqu'ils ne m'ont apporté ni satisfaction ni fierté particulière. J'aime bricoler, j'aime être enfermée dans l'atelier avec un air brush, *tout près de l'autisme. J'aime avoir de la matière entre mes mains et qu'elle me parle. (Si vous répétez cela, je serai dans l'obligation de nier.) J'ai peur des artistes, ces trous noirs sans fond qui ne sont jamais rassasiés de regards, d'écoute, de bons mots. Et vous me faites peur, car vous écrivez vraiment bien.*

Bon, bon, je dois dormir. J'ai un essayage important demain. Je travaille beaucoup, même en vacances. Je me passerais bien de mes obligations et mots de passe. Je prendrais la légèreté, en format club, dans la chaleur de votre Mexique si bien décrit et du sable au fond de la douche.

Je vous remercie à nouveau, pour l'espoir, la joie. Et parce qu'on sait qu'il peut y avoir des cadeaux après la messe de minuit.

d

Bonjour D,

Notre correspondance a des allures de début d'incarnation, de matérialisation. Il est donc temps pour moi de me révéler davantage aussi. Je l'ai déjà fait, en révélant un peu l'invisible du « moi », sans vraiment dire qui je suis aux yeux de ceux qui daignent me regarder, quels que soient leurs motivations ou leurs besoins. La carcasse charnelle est appelée Mathieu. Comme pour la majorité des gens (sauf ceux qui ont un ego si démesuré qu'il leur faut changer d'appellation pour mieux la faire correspondre à l'image qu'ils se font d'eux-mêmes – méchant préambule inutile), je n'ai eu rien à dire sur le choix de mon nom. Je le trouve, au mieux, disons… ordinaire.

Confession : tout jeune, je m'amusais avec mes amis « Ding » et « Slam ». D'autres jeunes – qui étaient davantage des connaissances que de véritables amis – avaient aussi des surnoms et je souffrais intérieurement de ne pas en mériter un moi aussi. Étais-je si « ordinaire » que rien ne me collait à la peau ? Je voulais vraiment faire partie de la « gang », être… comme les autres finalement. Me sentir « inclus », pareil, accepté, uni à mes semblables. J'ai longtemps cru (mais là vraiment) que j'étais fou. Fou pour ne pas être comme les autres, fou de ne pas parler comme les autres, fou parce que je ne pensais pas tout à fait comme les autres. Je n'avais pas de meilleur mot pour décrire ma différence. La solitude, aujourd'hui bien apprivoisée, me pesait alors terriblement, comme une sorte de châtiment. J'étais, selon toute vraisemblance, condamné à être dans un néant, seul à voir le monde de cette façon, seul à entendre la musique de cette façon, sans comprendre pourquoi j'étais ce que j'étais. Quel intérêt ? Et c'est à cette époque que je me suis mis à écrire. Écrire un peu de tout et de rien, sur des tablettes de papier aux feuilles jaunes, rouges et vertes. Un papier de qualité très moyenne qui sied parfaitement au passage de la bille gluante d'un Bic à encre épaisse. J'écrivais par besoin, pour comprendre, pour éviter d'exploser, pour mettre un peu d'ordre dans la folie qui m'habitait. J'aurais voulu ne pas avoir à le faire, j'aurais voulu, enfin je pense, juste « être ». Alors, j'ai gribouillé mille et une pages. C'étaient des prières, des confessions, l'expression de mes doutes, mes rages, mon incompréhension. J'ai appris à écrire par compulsion.

J'ai été, tout jeune, un joueur de baseball. Peu à peu, sur le terrain, je suis devenu « Mat » au lieu de Mathieu. Et beaucoup plus tard, ce fut « Bat-Mat » : je devenais tranquillement quelqu'un. Hélas, j'étais toujours l'artiste aux yeux des sportifs, et le sportif aux yeux des artistes.

Artiste, sportif. Je préfère croire que je suis poète, même si ce n'est pas une appellation contrôlée, que tous et n'importe qui peuvent se targuer d'être, sans jamais avoir à le prouver. Là encore, je suis possiblement totalement dans le champ et cette prétention n'est peut-être qu'un leurre. Comme le talent se mesure trop souvent à l'aune de l'appréciation des masses, et que je suis un parfait inconnu, allez savoir ce que je suis vraiment.

Chien : j'ai autrefois cohabité avec un golden retriever de 150 livres et sa maîtresse qui en faisait 103. C'était son toutou, Kid, un bon vieux et adorable toutou de onze ans. Il était d'une obéissance exemplaire et d'une douceur proportionnelle à sa taille. Kid était sensible et avait terriblement peur de l'abandon. Nous nous amusions parfois, ma copine et moi, à jouer à la cachette avec lui, quand il lui prenait de nous perdre de vue quelques secondes. Pauvre Kid, son désarroi était alors tel que mon cœur se serrait invariablement à la vue de l'angoisse qui remplissait ses grands yeux noirs, croyant nous avoir perdus à tout jamais. J'ai toujours aimé les chiens. Même ceux qui font peur, parce que je sais qu'au fond ils ne sont vraiment pas méchants. Je les comprends, ce n'est pas toujours facile de faire peur. La peur d'ailleurs, inutile de l'avoir. Je ne suis pas un artiste. Je ne suis pas un sportif. Je ne suis pas un comique. Je suis possiblement un peu poète, et assurément communicateur. Mon problème est sans doute de ne pas toujours savoir ce que je communique.

Alors, il fut comment cet essayage ?

M

Cher M,

Votre nom n'est pas si ordinaire. Le mien n'est pas pour se vanter, et je m'en fous totalement. Je n'ai jamais entendu personne dire que j'étais ordinaire comme mon nom. Ça n'a aucune forme d'importance. L'identité est ailleurs.

Je comprends très bien la solitude, la folie, l'écriture. Une compréhension viscérale, pas un moment théorique. J'ai eu la chance de venir étudier à Montréal, loin de ma famille et de tous les repères qui ne me convenaient pas. Loin de toutes les différences qui m'accusaient. J'ai eu la chance d'étudier dans un milieu de marginaux. Ça m'a donné la permission d'être. Et puis j'ai eu la chance de travailler avec des marginaux, au milieu de la grosse dérision sale et de l'humour. J'ai pu être en paix.

Mais il reste toujours la souffrance, encore très présente, de pas avoir été aimée comme j'étais. Ça, c'est dans les couches très profondes. Je partage avec vous sans grande censure, comme vous semblez aussi le faire. Seule avec vous, j'écris du bout des doigts. Je vous lis aussi tout bas, lentement, comme une confidence dont on ne voudrait pas manquer un mot.

J'ai habité quinze ans avec un chanteur pas très connu, à la carrière perpétuellement embryonnaire. Un beau garçon brillant, vivant, de la peau au cœur. J'ai vécu sur sa joie de vivre, occupée à travailler, à construire ce qui me semblait nécessaire pour « bien vivre ». C'était notre échange tacite, il nous divertissait, je le supportais, sur fond d'amour anémique nourri par nos besoins et nos incapacités. Beaucoup d'années à le soutenir, avec des sous et de l'enthousiasme que je perdais au fil des échecs qui s’additionnaient et des disques qui ne s’enregistraient pas. C’était un rêveur, qui avait l’assurance d’être « reconnu », un jour. Le jour n’est jamais venu et mon admiration s’est étiolée. « Face it, dude, *tu n’as pas l’étoffe* », *ça ne se dit pas. Je me suis tue et j’ai enduré, sans lui, je n’avais pas de plaisir. On ne peut pas être en couple avec quelqu’un qu’on n’admire pas, même si on ne vit pas bien tout seul. De longues années à mentir, je ne sais plus très bien à qui, à m’appauvrir pour supporter une carrière à laquelle je ne croyais pas et le pire du pire, nourrir un gouffre… d’affection, d’attention et de lumière.*

J’ai peur des artistes.

J’ai un peu de difficulté avec mon focus. La maison que je dois quitter (je suis ici depuis quinze ans), celle que je dois rénover, le temps, les sous, les décisions que je prends toujours seule. En surplus, un petit court métrage hyper artistique (l’essayage de ce matin, trèèèèès bien été, merci), des costumes pour un ami comédien pauvre, un projet que je dois finir d’écrire. Et ensuite, reprendre le travail en remplaçant une collègue sur une émission difficile. Assurance de deux semaines ébouriffées.

Je crois que nous devrions nous rencontrer. Je le dis avec beaucoup de réserve et d’appréhension. Je n’ai pas envie de perdre la forme inhabituelle de nos échanges. Je me connais assez pour savoir que je n’ai pas le luxe du temps ; je serai lasse avant peu, je n’aime pas les débuts. Je préfère de beaucoup les vieilles relations installées, les complicités, l’histoire. Être comprise, d’un sourire ou d’un regard et atteindre une étape supérieure. L’excitation des nouveaux jouets convenait parfaitement à mes années connasses, remplies d'hormones, quand j'étais avide d'actionner tous les boutons. Je n'ai plus la même patience.

Toujours avec moi ?

Attention, c'est l'heure de la vibration (je me fais rire moi-même) !

Étrange, je me suis encore un peu reconnu en vous. J'ai seulement eu moins de patience. Trois fois moins – cinq années.

Elle était (et est toujours) plus jeune que moi de quinze ans. Sa formation classique de comédienne lui conférait, à mes yeux, une belle aura de rigueur artistique. C'était en plus une personne douce, aimable et drôle. Dès le début de notre « relation » elle a voulu prendre le contrôle, ne pas se laisser aller trop facilement. Une année entière d'abstinence, sans même s'embrasser. Elle venait de sortir d'une relation presque malsaine où, apparemment, les pulsions de l'ex-copain étaient terriblement plus fortes que les siennes. Je n'en sais pas plus, elle fut fort discrète et je n'ai pas osé poser trop de questions. Elle n'était donc pas, au début, ça se comprend, prête à s'investir, tête baissée, entièrement. J'ai été courtisan pendant plus d'un an. Plaisir languissant pour un apôtre de la plume, dont la muse, quand même amusante, était friande. Elle rêvait de Paris, de New York, de maisons de théâtre partout dans le monde. Si c'était une élève modèle, en revanche, elle avait une sensibilité artistique, disons… moyenne. J'ai, je crois, passé trop de temps et d'énergie à tenter de lui expliquer l'intensité, comment nourrir son charisme, comment exploiter la puissance d'un texte ou même d'un seul mot, dans son contexte. Elle ne demandait qu'à apprendre, et moi, un peu pédagogue et trop intense, je me vidais littéralement en explications et exemples convaincus. Faisant face à l'inévitable, une carrière qui ne décollerait sans doute jamais, elle s'est finalement elle-même recyclée, elle fait maintenant des choses vraiment extraordinaires comme rédactrice. Pendant nos années en couple, j'ai eu la sensation d'être un citron trop bien pressé. Elle était avide de connaître mon opinion sur tout, ne prenait jamais de décision sans longuement me consulter. Je rêvais de vide, de silence, de complicité, de partage. Cette artiste moyenne était un trou noir d'attention.

Non, ce n'est pas quinze ans à attendre l'apothéose espérée, mais je crois que je comprends combien il peut être lourd d'être le soutien moral et financier, la solide béquille, surtout quand on sait pertinemment que l'autre n'a pas forcément vraiment tout ce qu'il lui faut pour « marcher » librement.

Je comprends dès lors bien mieux vos peurs. Je ne suis pas un artiste, ou si peu. Pas dans le sens où vous l'entendez, où vous l'avez subi.

Vous dites ne pas aimer les débuts. Moi je les aime bien. En sommes-nous toujours au début ? Vous dites ne pas vouloir perdre la forme inhabituelle de nos échanges tout en ayant peur d'en être lasse avant longtemps, est-ce moi ou il y a là un brin de contradiction ? Je comprends que le temps n'est pas une ressource qui vous est inépuisable. Il ne l'est pour personne. Alors, oui, nous nous rencontrerons. J'ai, je crois, un peu peur aussi. J'aime la magie et la nature de nos échanges. J'ai peur d'altérer le mélange.

Tiens, c'est bien la première fois que j'exprime une sorte de peur.

Et si demain, tout changeait, que la peur soudain s'évanouissait et laissait entrer une nouvelle forme de lueur d'espoir, eh bien, que l'on m'appelle alors « Désormais » et peut-être que plus jamais je n'aurai peur.

Avec ou sans glaçon ?

Sans glaçon, je ne suis pas chochotte.

Bon Dieu !

Quinze ans plus jeune. Je ne sais pas comment vous avez fait. Pour moi, le bon groupe d'âge de mes fréquentations, c'est celui qui sait que les Banana Splits ont été autre chose qu'un montage de crème glacée chez Dairy Queen. Pour vous, j'ai envie d'être clémente. C'était aussi une bunch *de singes qui se promenaient en* dune buggy, *au cas où vous n'écoutiez pas la télé en 1970.*

J'ai frayé brièvement avec un Français, il me rendait cinglée à devoir tout lui expliquer. Bobino, *Jehane Benoît, Camil Samson, les messes à gogo, comment A&W a réussi à nous rendre heureux de manger dans une voiture. J'avais l'impression de m'adresser à un extraterrestre. Nous ne partagions rien de ce qui nous avait définis, quel ennui. Et puis une année entière en abstinence à côté de l'attirance, ça non plus, je ne sais pas comment vous avez fait. Je crois même que c'est mauvais pour la santé. Enfin, il y aura eu au moins une occasion où je ne vous ai pas compris.*

Se rencontrer. Oui, il y a une contradiction, c'est généralement le cas quand on a peur. L'avantage de RR, c'est qu'on peut difficilement reculer et prétendre qu'on ne cherchait qu'un correspondant. Correspondant, quel beau vieux concept. Avez-vous, à l'école, écrit à des étrangers au bout du monde des lettres insignifiantes qui prenaient tellement de temps à aller et revenir qu'on finissait par oublier l'intérêt de le faire ? En classe de français, pour nous stimuler, j'imagine. Dire qu'il est d'usage maintenant de s'écrire au son mille fois par jour, même à travers la planète. Je m'écarte.

Se rencontrer. Si on pouvait trouver une façon moins conventionnelle qui nous conviendrait, j'aimerais vous rencontrer dans le noir, en vous touchant pour me rapprocher de l'essence. Ou je vous donnerais rendez-vous dans un tout-inclus la veille de Noël. Dans l'anonymat de deux mille Québécois pompettes et Américains obèses, je pourrais vous trouver à mon rythme, vous observant à distance, sans l'embarras de m'incarner moi-même. Ou encore, je vous ferais apparaître dans la nacelle d'une grande roue, immobilisée à la hauteur maximale. Mon vertige mobiliserait mes peurs, il n'en resterait plus une seule pour m'empêcher de vous rencontrer.

Non, je n'aime pas les débuts. Ça fait peur. Vous voyez bien, même à vous !

Diantre ! Les Banana Splits : *one banana, two banana, three banana, four !*

Vous ai-je dit que j'avais une mémoire musicale anormale ? (Oui, je l'ai dit.) C'était à n'en point douter un pur plaisir que d'entendre et de voir ces mongols en costumes s'amuser sur leurs six-roues amphibies sur la terre battue et dans la bouette. *Totally off the wall!* J'adorais.

Rencontre : je vous entends rêver d'hologrammes tridimensionnels, d'un moi en cire hors du musée Grévin ou d'un clone patenté, pour éviter de faire directement affaire avec l'original, « l'artiste ». Rendus là, nous devrions nous faire toute une mise en scène, avec des figurants costumés, dans un décor inventé ou en pleine nature dans un camp naturiste à Saint-Antoine-Abbé ? Il y aurait cinquante vous et cinquante moi, tous du même âge, de la même grandeur, du même poids et il faudrait alors s'en remettre au hasard pour voir si le destin avait véritablement voulu que nous nous rencontrions ! C'est compliqué, mais moins que se donner rendez-vous près d'une épave, au fond du Saint-Laurent, bien cachés dans un *dry-suit* et un masque intégral avec miroir sans tain.

Correspondant : j'aime le mot, pas dans son acception de « relations épistolaires », mais plutôt « qui correspond à quelque chose (ou quelqu'un) ». En pareil cas, point de doute.

Rencontre : vous m'invitez chez vous, dans votre salon. Dès que je serai près de la porte, je me banderai les yeux. Avant d'ouvrir, vous ferez de même. Deux verres de scotch seront déjà servis près des fauteuils où nous prendrons place, d'abord en silence. Puis, après un temps d'attente indéterminé, probablement ponctué de fous rires étouffés, vous oserez un « Bonjour » d'une voix hésitante. Les choses s'enchaîneront selon un ordre plus ou moins naturel, chaotique, comme l'a toujours aimé l'univers.

Bungee à deux : il est dit que les gens qui vivent des expériences intenses sont liés pour la vie. Vérifions la théorie en nous attachant dos à dos, par les pieds, à un immense élastique et laissons-nous choir du haut d'un pont, vers une rivière sans fond. Si l'on n'en meurt pas de peur, nous serons liés pour la vie ; si nous ne parvenons pas à nous détacher – aussi.

Train : nous montons tous les deux sur un train de marchandises en marche. L'un est à l'arrière et l'autre complètement à l'avant. L'objectif est d'arriver au wagon du centre le plus rapidement possible, et sans y laisser sa peau ou un membre au passage. Celui ou celle qui parvient au wagon central en premier a le droit d'imposer à l'autre une « conséquence » de son choix. Le ciel est la limite.

Peurs : au fait, de quoi avons-nous si peur ? Peur de l'inconnu (sans doute). Peur d'être déçus (maudites attentes). Peur de décevoir (docteur, j'ai pourtant une grande confiance en moi, non ?). Peur d'avoir peur ? (Ben là, comme le disait si bien Pinard.)

Waiter ! Servez-nous un autre « pareil ». Il faut parfois s'imbiber pour se désinhiber !

Vendredi !

M

J'ai manqué le scotch, je m'excuse si je vous ai inquiété.

Eh ben. Je m'incline devant votre confiance. Vos constats sur la peur sont très justes. Cependant, puisque j'aime bien en rajouter, je vous dirais que ma plus grosse peur, vous ne l'avez pas décrite. Celle, bien simple, que nous ne nous plaisions pas. Vous savez, l'attirance, cette chose un peu chimique qui actionne le duvet de bras et accélère les pulsations ?

Peur de l'inconnu ? Possible, mais on y survit facilement. L'inconnu, on le voit tous les jours. Peur d'être déçus ? Comme si vous aviez en permanence une haleine de poney et moi les dents grises ? Pire, vous n'avez plus de cheveux et j'en porte en moustache ? Naaaa, je ne crois pas que ce genre de déception peut nous arriver, vous avez trop d'allure à l'écrit… ou si légèrement qu'on pourrait aussi y survivre facilement. Peur de décevoir ? Là encore, l'aperçu est positif et la prévision, ensoleillée.

J'hésite. J'aime vraiment le bungee, *ça correspond à mon niveau général d'intensité. Je risque cependant de me vider de ma farce dans votre dos. L'idée de manquer d'élégance et dans ce cas-ci, carrément d'hygiène, me dérange un peu. Je choisis donc le train, surtout pour la conséquence.*

On est vendredi, non ?

Vendredi (suis-je Robinson ?)

Bonjour,

Je ne l'ai pas bu non plus (hier soir). Alors, ce train, on le prend ?

J'ai un reste d'un bon Glenfarclas, ça peut toujours servir. Je n'ai pas peur du vide des cerveaux, dans moins de soixante ans, ça arrivera de toute façon.

Reste à savoir comment. Je vous envoie un texto, on se retrouve à une heure pas trop tardive dans un parc ?

Sur le bord d'un cours d'eau ?

Je porterai un t-shirt fané avec un bermuda en besoin criant de repassage.

Vous n'en ratez pas une, monsieur Robinson. Je veux bien, pour ce soir, faire Vendredi mais vous devrez éventuellement vous battre pour demeurer le maître.

Le texto-cours d'eau me convient parfaitement. Je suis même ravie de suivre votre initiative.

Je suis coquette, je porterai un ensemble bleu dépassé en Ultra suède.

À plus tard.

Nous nous sommes rencontrés, là où il avait dit, sur le perron d'une église, près de son histoire personnelle. Il a parlé sans arrêt. Il a parlé de sociologie, de son quartier. Il avait une voix un peu nasillarde, un ton ecclésiastique, et roulait doucement ses *r*. En le voyant, je l'ai tutoyé, il me rappelait mon cousin préféré. J'ai éclaté de rire.

— Tu es au courant que je ne t'écoute pas du tout ?

Répartie facile :

— Tu es au courant que, moi non plus, je ne m'écoute pas ?

Nous avons ri, moi plus que lui. Il n'avait pas le temps, il fallait qu'il parle. Il a dit des mots sensés, sensibles. Il était un peu distant, sûrement nerveux, intelligent, vif, coloré. Il me plaisait. Beaucoup.

Nous nous sommes revus chez moi le lendemain, toujours chastement. Toujours en parlant sans arrêt, lui plus que moi.

Nous sommes parties visiter des amies quelques jours, ma fille et moi. Je suis revenue, impatiente de le retrouver, mais seul un silence mortifiant m'attendait.

Fin de l'histoire. Affreux, non ?

Rien

Comme ça, bingo, premier courriel, un garçon spectaculaire et un violent revers.

Je suis restée un moment abasourdie. J'étais complètement charmée par son intelligence et ses écrits. Son corps, sa dégaine me plaisaient, sa masculinité m'allait sans détour dans le bas-ventre pour y incuber des papillons. Ses mots s'étaient frayé un chemin jusqu'à mon âme, me laissant au passage regarder la sienne. Il aurait pu être laid, chauve et petit, cela n'avait plus d'importance. J'étais séduite, de ce genre de séduction qui dévore le jugement. Qui acquiesce à tous les vertiges et capitule devant la raison.

Je suis restée à me demander dans quelle courbe j'avais été éjectée de la voiture. Lequel de mes mots, de mes attitudes, de mon allure ou de mes gestes avait été si inapproprié qu'il puisse freiner à une si grande vitesse. Brutalement.

J'ai eu de la peine. J'ai eu de la peine et je ne pouvais pas la dire à la bonne mesure. Comment expliquer deux rencontres et tant de déception ? Comment dire que je l'avais trouvé sur

Internet sans voir des faces d'enterrement au regard attendu, des yeux levés au ciel?... «Ben oui, sur Internet, tous des concombres, pauvre fille...» Et encore, le fameux: «À ton âge, sérieux, reviens-en, tu n'es plus une adolescente.» C'est vrai, je ne le connaissais pas. Tout ce que je savais de lui, c'est qu'il s'exprimait bien. Je ne savais pas l'odeur de sa peau, le goût de sa bouche. Je ne savais pas ce qu'il était, autrement qu'une belle promesse.

Il n'y a jamais de place pour le chagrin, peu importe sa nature, encore moins quand on est un adulte. Les enfants ne se gênent pas pour pleurer, mais il se trouve toujours un taré pour dire: «Ce n'est pas grave, veux-tu une crème glacée?» Vite, tout effacer, comme si c'était dangereux de se noyer avec quelques sanglots de plus. Alors, en adulte... «Il ne te méritait pas, c'est un imbécile, un froussard, un couillon, demain ça ira mieux, ne pense plus à lui.» Aux yeux de ces grands consolateurs, non seulement j'étais blessée pour rien, mais j'avais manqué de jugement en accordant de la valeur à ce garçon. Ma peine n'était pas recevable.

Je l'ai gardée pour moi, j'ai été morose. J'ai peur qu'un jour, à force de garder mon chagrin et de recevoir celui des autres, je sois en surplus de stock. J'ai peur que la peau de mon cœur se fende à tant s'étirer. Ça doit être de cette déchirure que les vieux meurent seuls à l'hospice. Ayant tu leur peine toute leur vie, ils la taisent jusqu'à la fin, prétextant la démence ou les poumons pour justifier le grand départ.

M,

Ce soir je t'écris à la peine. Mes mots seront tristes, peuvent-ils être autrement, maintenant ?

Je ne comprends pas très bien ce qui s'est passé et je pourrais bien, même, me demander s'il s'est seulement passé quelque chose. Pourtant… je me souviens d'une écriture généreuse et réciproque, d'échanges tout à fait vivants. Visiblement, je ne suis pas ce que tu cherches et même si je ne pense pas mériter ta façon silencieusement cavalière de me l'apprendre, je conviens que c'est ton choix et que je n'y peux rien. Je ne veux pas autopsier le cadavre. Ni me reprocher d'avoir cru que tu ne pourrais jamais manquer d'élégance.

Je veux te dire une dernière fois combien tu es rare. Je tairai par pudeur (et un peu par orgueil) à quel point j'ai aimé ce que j'ai connu de toi. Comment j'ai pensé que nous aurions pu être une belle équipe, à la fois fragile et forte, éclatée et privée. Combien je souhaitais réconcilier nos blessures et cent quatre ans de vie séparée. Je ne dirai pas des mots trop gros, ceux qui t'auraient fait peur, même si j'aurais pu les avoir vite à la bouche. Non, je ne te dirai rien, c'est inutile.

Sache seulement, en poursuivant ta route, que tu es rare. Puisses-tu être heureux, exactement comme tu le souhaites, et oui, comme tu le mérites.

d

Next.

B ÉTAIT LE DEUXIÈME FINALISTE APRÈS M DANS LES DIX-NEUF CANDIDATS

Après une courte danse veux-pas-y-aller-vas-y, je lui écris. J'avoue, ce n'était peut-être pas le texte le plus motivé au monde… Aucune réponse.

AAAAAAAAYYYYYYYYYYYYEEEEE ! Ça va faire !

Cher monsieur,

Vraiment, je suis curieuse. Une curiosité sociologique. Comment décide-t-on de ne pas répondre à un message personnalisé, ni bête, ni méchant ? C'est déjà assez difficile et rébarbatif d'être ici, il me semble qu'on ne devrait pas manquer de courtoisie entre nous.

Ma fiche est laconique, où avez-vous trouvé à me disqualifier sans quartier ? L'âge ? L'écart me semble acceptable, à moins bien sûr que vous ne préfériez un groupe d'âge inférieur. Les hommes étant moins sensibles à se comparer à un grain de peau plus ferme, il est vrai qu'ils souffrent moins de voir leurs mamelons affectés par la gravité devant un corps qui ne la connaît point. Toutefois, pour chaque perte physiologique, il y a normalement compensation en savoir-vivre. Vous n'avez pas reçu votre dû et vous trouvez normal de ne pas répondre ?

La photo ? Je n'en présente pas, c'est vrai. Mais si j'étais professeure au secondaire et que l'idée de voir ma photo dans des mains adolescentes saturées de testostérone m'indisposait ? Ou une pornstar *retirée qui souhaiterait être aimée pour son âme ? Ou laide et grosse ? Non ! J'ai répondu « mince » à « silhouette ». Pour un soupçon de laideur alors, doit-on manquer de politesse et ne pas répondre ?*

Peut-être, je vous le concède... peut-être, aussi, avez-vous simplement un appétit pour les grosses, dans lequel cas j'aurais compris un simple : « Désolé, ma belle, tu n'as pas le bucket *assez large... »*

L'enfant ? Vous en avez un aussi, on est quittes. Incompatibilité astrologique ? Un peu mince... À cet égard, je me demande si Réseau Rencontres ne devrait pas aussi afficher la pointure de chaussures. Pas moins utile que le signe astrologique, après tout, certains aiment sucer les orteils.

Situation financière ? Sujet délicat... J'ai hésité longtemps avant d'inscrire « moyenne », tout est relatif. Pour moi, situation « aisée », c'est pouvoir décider jeudi d'aller faire une croisière en Alaska samedi parce que la température est étouffante. Et partir en Italie au retour, précisément parce qu'il a fait un peu froid en Alaska. Situation financière... tout dépend de nos paramètres. Exactement comme ceux qui publient une photo où ils ont l'air d'un derrière en cochant « bien » à « apparence ».

De ?

Faire le premier pas est aussi un risque inconfortable. Peut-être auriez-vous répondu avec plus de fautes que de mots et votre analphabétisme décomplexé m'aurait donné mal au ventre… J'aurais dû trouver une façon élégante de vous fuir alors que j'aurais moi-même amorcé l'approche. Délicat.

Soyons clair, sans un mini, mini, mini intérêt mutuel, vous ne m'intéressez plus. Alors dites-moi, vraiment, comme on échange de façon détachée entre grandes personnes qui font la même corvée que nous, comment on arrive à ne pas répondre ? Comment on arrive à ne pas témoigner d'égard à tous ceux qui, comme nous, n'ont pas une quête facile ?

d

Bonsoir D…

Quel beau texte… Tu as raison de me répondre aussi directement… Je suis désolé de ne pas simplement avoir pris une seule minute pour te répondre… Excuse… vous… vous répondre…

Je ne suis plus tout à fait moi-même, ces jours-ci… épuisement, fatigue, *burnout*… j'ai perdu mes repères, je ne sais plus où j'en suis…

Ce n'est pas une raison pour ne pas répondre, vous avez raison. J'en suis là, ne pas faire les choses que je dois faire. Je ne fais pas de fautes, normalement. J'arrête de travailler pour quatre semaines. Je ferai le point, qu'est-ce que je désire, comment être heureux…

Si quelqu'un se présente sur ma route, je serai mieux outillé pour la reconnaître.

Encore une fois, je le redis, désolé…

B

Voilàààà !!

Mieux, merci.

J'ai le plus grand respect pour les périodes difficiles, je vous souhaite sincèrement de retrouver votre chemin. Si j'avais su votre vulnérabilité, je ne vous aurais pas bousculé. Cela dit, cher inconnu, si vous avez l'intention d'aller nulle part, peut-être serait-il mieux de ne pas rester sur la route.

Soignez-vous bien, B.

d

Next.

Un impoli m'en rappelant un autre, je décidai de l'être à mon tour. Frustration, vengeance, malice. Je retrouvai la fiche de Gros pas poli. Comme j'avais changé la mienne, donc mon identité, il serait sans doute un peu perdu. Du vice pur.

Monsieur Gros pas poli,

Vous êtes vraiment au-dessus de tout le monde.

Monsieur ne répond pas, monsieur se croit au buffet chinois, farfouillant dans les petites cuisses de grenouilles ? Monsieur traîne dédaigneusement ses baguettes sur les poitrines de poulettes à la sauce rouge ? Monsieur pense qu'il peut gaspiller parce qu'il a payé ?

J'ai dit que si j'avais vraiment maîtrisé la rédaction de fiche descriptive, j'aurais écrit exactement la vôtre, féminisant quelques adjectifs. Oubliez ça, je suis bien élevée, moi. Je réponds à tous ceux qui m'écrivent un mot personnalisé. Même que je me sens obligée de répondre à tous ceux qui m'écrivent un message personnel, admettant que si on se donne la peine de composer une lettre, on ne mérite pas le silence.

Bon, je n'ai peut-être pas *tant* de classe que ça. Je me suis retirée, un peu honteuse, n'ai pas attendu qu'il revienne de chez Sam Wong pour me répondre... J'ai effacé ma fiche, décidée à ne plus chasser.

M,

J'ai eu l'idée de t'écrire encore aujourd'hui, cette fois, sans espérer de réponse. Comme exutoire. Et aussi parce que j'arrive mal à passer à un autre appel, comment aurais-je pu te trouver si rare et t'oublier si facilement ? Ce ne serait pas logique. Encore que. Tes adieux ternissant beaucoup ton lustre, tu auras perdu un peu de ta rareté. Encore que. Si tu avais été tétanisé par une peur horrible et insurmontable de l'engagement et éventuellement du rejet, je te donnerais raison en te rejetant sur-le-champ. Encore que. Il y a des limites aux comportements désagréables que même une grosse peur ne peut excuser. Encore que. Si tu voulais me répondre, je serais pour le moins sceptique et sans doute un peu moins magnanime que le père de l'enfant prodigue.

J'ai eu l'idée de t'écrire surtout parce que je ne sais pas quoi faire de tout ce qui est remonté. La rage, la colère, la souffrance, des émotions trop vives pour ne pas les tenir en laisse. De vieux sentiments pas frais qui ne sont pas nés avec toi et qui vieillissaient en corps comme un vieux vin en tonneau. De vieux sentiments que j'aurais dû boire avant, et pour lesquels tu n'as aucune responsabilité.

Je ne sais plus pleurer. J'ai dû le savoir, avant. J'ai perdu la faculté en nommant ma souffrance. Le cœur ou la tête, il semble que je ne mêle pas bien les deux ou au contraire, ils se communiquent la détresse qui ne peut être partout sans devenir dangereuse.

Je sais encore rager.

Je me vois tourner en rond avec un bat *de baseball, profitant de la force centrifuge appliquée au bâton pour tout casser. Je me vois plonger dans une piscine d'eau froide, sentir éclater toutes les bulles d'air sur ma tête, mes épaules et mon corps, de toutes petites bulles abrasives juste assez pour m'enlever des pelures de chagrins ou de rage… remonter encore sur le tremplin, sauter, perdre encore une couche au profit des bulles, remonter, resauter pour que cette peau finisse par ne plus être mienne.*

Je me vois danser en folle sur Die Antwoord. Tu aimes la musique, je n'ai pas eu le temps de savoir laquelle, particulièrement. Ce n'est pas important. Si tu veux savoir comment je me sens maintenant, ferme les yeux et écoute Die Antwoord: I Fink U Freeky. *Danse pour casser le plancher, danse pour te détacher les bras, danse jusqu'à ne plus savoir le ciel et la terre, danse jusqu'à baver. Tombe épuisé, sans pleurer, sans t'essuyer la bouche.*

Tu n'as pas pu en si peu de temps me faire tant de peine. Je ne t'ai même pas vu tout nu. Non, tu as fait saigner de vieilles plaies.

Je vais t'écrire, même sans que tu me répondes, j'en ai besoin et c'est de ta faute.

d

M,

Je réalise aujourd'hui que la dernière fois que j'ai vomi j'avais huit ans, ça fait quarante-quatre ans. Il est temps, j'ai même probablement commencé à surir. Roule tes tapis pâles, ça va sortir en jet.

d

Cher M,

Le film Fatal Attraction, *ça ne te rappelle rien ? L'idée ne t'est jamais venue que je pouvais être cinglée ? Je connais ton adresse, ton lieu de travail, tes adresses courriel et tes numéros de téléphone. Ce n'était pas assez pour te suggérer un comportement convenable ?*

Sans dessein d'inconscient, les folles ne sont pas que dans les films !

Si à la lueur de ton écriture j'ai pu assez me tromper pour croire que tu ne manquerais jamais de savoir-vivre, admets que tu aurais pu louper aussi que je pouvais être neurasthénique. J'aurais pu faire bouillir ton lapin, égratigner ta voiture, écrire dans l'entrée de ton condo que tu es pédophile ou envoyer des tests de grossesse à ton travail.

Cré-a-ti-vi-té. Ça te rappelle quelqu'un ? Oh gosh, *c'est vrai, tu n'as pas eu pleinement le temps de t'en apercevoir, tu étais déjà disparu.*

J'aime la finesse, je n'aurais pu être aussi grossière que Glenn Close, même folle. Lâchée lousse, j'aurais enduit ta moto de vernis à ongles transparent. Versée à même la bouteille, j'aurais pris grand soin d'étendre la laque dans les interstices délicats pour figer des mobilités. J'aurais été visuellement très sobre, dessinant un cœur rouge dans le pare-brise. C'est toujours beau et ça fait un peu dramatique. Un petit cœur très contrôlé, avec quelques longues coulisses, comme un graffiti au geste contenu. Peut-être une dernière goutte rouge négligemment échappée sur le siège. Une toute petite gouttelette qui n'aurait pas justifié la défense de changer le cuir sur lequel tu poses ton séant afin que tu m'aies très longtemps dans le cul.

J'aurais pu revenir sur RR sous une autre identité. J'aurais été une fille plus jeune, au grand talent musical. J'aurais étudié chacun des mots que tu m'as adressés pour esquisser un appât parfait. J'aurais étiré les préliminaires sur plusieurs mois et au moment où tu m'aurais suppliée de te rencontrer, je t'aurais torturé à l'indifférence. Mon appétit de revanche assouvi, je serais disparue. Cool ?

Et si tu étais toi-même un assassin ? Au fond qu'est-ce que j'en sais ? Tu es sans doute un peu fou mais je ne veux pas mettre de gros mots sur tes petits états. Si tu l'étais vraiment… fou ou assassin… Peut-être as-tu attiré dix-huit filles avant moi et que tu les as toutes tuées ? Découpées en morceaux et enterrées dans un terrain vague. Ça se serait vu.

Épeurant ? Oui et possible. Pourquoi pas, toutes les assassinées n'auraient pas vu le piège, pas plus que moi, endormies à l'éloquence. Peut-être que tu m'as épargné la mort parce que j'ai une fille adoptée et que tu as beaucoup de respect pour les mères adoptives ? Peut-être es-tu adopté ? Peut-être que tu hais toutes les autres femmes que ta mère adoptive et ne penses qu'à remplir ton congélateur avec leur carcasse ?

Aye ! J'ai-tu ben faittte de ne plus te parler ?

M,

Je me sens un peu gênée d'écouter Die Antwoord. Quand tu disais aimer la musique, je ne sais pas si tu ratissais aussi large. Die Antwoord est une musique adolescente, elle est la révolte et toutes les maladresses d'une identité mal définie. Elle est comme la dent en dessous de celle qui branle, elle veut pousser, elle veut briller sur la gencive et se fout pas mal de ce qui était avant ou de ce qu'il y aura d'autre sur la mâchoire. Je me fais sourire chaque fois que j'écoute cette musique. Je me sens comme à seize ans, en plein rejet de tout, impuissante à changer quoi que ce soit. Protester, chialer, s'opposer. Crier des noms et me penser bonne. Comment se valider alors qu'on grandit si différent de ses modèles ?

Comment, maintenant, m'approuver dans une société de modèle familial ? À l'instar de mon adolescence, je me sens soudainement aussi en marge de mes modèles. Mes amis vivent en couple, sont heureux, s'occupent à deux de leurs enfants. Les films proposent des familles et des couples. S'ils sont en rupture, c'est un film gris qui trouve une fin lumineuse dans la réconciliation. Les fins heureuses sont rarement des gros plans de gens seuls. Les émissions de recettes sont faites pour des couples ou des familles, les plans de retraite incluent deux têtes grises, les hommes importants trimballent leurs épouses et les femmes importantes trimballent leurs époux. Les voyages se marchandent à deux par chambre d'hôtel, les manèges se font à deux, les tables au resto offrent toujours des places paires.

Die Antwoord est une musique d'agitation, du corps ou de la tête. Je m'y retrouve en dansant sans ciel ni terre, aussi fâchée qu'un soir pluvieux de mes seize ans. Aussi marginale.

« Bitch, motherfucker. You think you can fuck with somebody like us ? Fight, fight, fight. »

Tu as fait naître la colère d'avoir été trop souvent celle qui répondait seule aux invitations adressées aux couples. Alors que longtemps, par nature, je me suis résignée à l'originalité, maintenant, ma différence m'accable.

Rebel Yell, *Billy Idol. Plus acceptable.*

Tu viens danser ? Je te préviens, ce n'est pas du tout un slow.

d

L'AUTOMNE ARRIVAIT

L'automne, une période idéale pour être amoureux. Les feux de foyer, la peau d'ours, on se dit : « Me semble que je serais bien avec un verre de vin rouge et une main de garçon. »

Je pris le chemin de RR pour la troisième fois, me disant que ça serait chrétien de ne pas m'imposer quatorze stations. Je ne peux pas dire qu'on s'habitue à traîner là et, si je n'avais plus besoin de porter un faux nez pour ouvrir mon ordinateur, j'étais toujours incapable d'avouer la honteuse recherche à qui que ce soit. Une activité inavouable… un secret sale.

Pour abréger ou pour me distraire, j'ajoutai un peu de provocation.

Cette fois, ma fiche parlait de mâles et de femelles, de valeurs préhistoriques et de grotte. C'est fou comme la fiche descriptive cible le type de prospecteurs qui, visiblement, et bien malgré moi, entendaient un appel au rut.

Un succès de popularité. De qualité, peut-être un peu moins…

Salut !

Ton profil est super cool ! Tu sembles amusante et facile à vivre ! Je pense comme toi ! Si tu veux me parler, je serai super content et je te répondrai tout de suite !

À plus !

V

Oups ! *Wrong address !*

« Amusante » et « cool » ne me définissent pas vraiment. Ce qui me tue surtout, c'est que vous n'ayez pas compris que ces messages préécrits s'adressent à une clientèle plus jeune que celle de notre groupe d'âge. Ça vous fait léger et ringard comme un épisode de Watatatow, *alors que j'écouterais plus* Dancer in the Dark.

Normalement, dans une première missive, je garde pour moi le poids de mon âme. À peu près 1000 kilos. Je me garde aussi de peser le cerveau de mes interlocuteurs, je vous donne 2 mg, pour la légèreté.

Dans la situation, je préfère vous prévenir tout de suite, nous ferions un très mauvais duo.

d

Next.

Bon matin, femelle préhistorique… Tu te permets l'anthropologie, permets-moi les mathématiques.

Je cherche un élément pour faire un ensemble. Je me rends compte que les probabilités de succès sont minces et que je risque d'être ici jusqu'à l'infini.

Le calcul est simple, si A ne trouve pas B pour s'additionner et se multiplier, A cherche C pour se mettre au carré ou au cube.

J'aimerais développer une grande intimité, teintée ou saturée d'érotisme avec une femme facile de l'Équation. Ce qui me semble ton cas.

Je désire quelque chose d'intense qui s'embrase lentement et qui embrasse longuement.

Je sais, c'est direct. Tu sais ce que je veux, maintenant.

Au plaisir de s'honorer.

A

Tiens, tiens, un plus allumé que la moyenne.

Je donne effectivement dans le direct, comme vous, et je le fais aussi sans filtre. Par contre, au « sans filtre », vous me battez. Puisque vous voilà presque nu, permettez que je garde mes mots plus habillés. Le vouvoiement donne une forme plus civilisée à des propos parfois brutaux… qui pourraient ne pas tarder à venir.

Vous êtes presque attirant en beaucoup de points sauf un détail qui doit faire de moi une personne superficielle. J'aime les grands garçons et vous ne vous qualifiez pas. Comme vous aimez les mathématiques, j'ai calculé qu'avec des talons hauts, vous m'allez en dessous du bras. Si c'est vous qui les portez, ça va de soi. Ce que vous proposez repose sur une attirance physique, je dois donc me disqualifier moi-même.

C'est un peu dommage, votre approche pour le moins directe me divertissait.

Je vous souhaite de trouver votre dénominateur commun.

d

Bon matin à vous, encore. Le vouvoiement est élégant, je vous suis. Merci pour votre réponse.

Si je comprends bien, je me semi-qualifie… une juge russe a dû mal me juger. Merci de me laisser vous divertir, je le prends comme un compliment. J'imagine que la proposition masculine, ici, ne vous convient pas ?

J'ai le goût d'être étendu dans la chaleur de la fin d'été, ma peau collée à celle d'une femme. Sentir le sang qui monte à mes lèvres et soulève mon sexe, en sentir les palpitations et celles transmises au clitoris de mon amante. J'aime la sueur et la salive sur mon corps…

J'aime prendre le temps de déshabiller, de goûter sous les vêtements…

On continue, belle originale ?

A

Ah bon ? Cela se dit des mots comme ça à des filles qu'on ne connaît pas ? Je dois être naïve. Votre audace me divertit.

Oui, ici comme ailleurs, la pertinence masculine laisse à désirer, mais je ne serai pas sélective, la pertinence laisse à désirer dans tous les genres et dans toutes les sphères. Beaucoup d'imbéciles au pied carré. C'est toujours stimulant de rencontrer quelqu'un qui s'élève en connaissant la théorie des ensembles. Ceci dit, on ne sait jamais, vous pourriez être habile aux mots et vivre en teigneux désagréable, sans humour et sans style. Avec du poil dans le dos.

Je comprends très bien votre humeur autour de la chair et de la passion. J'avoue la partager. Je dois cependant réitérer mon attirance pour les grands garçons.

Nous aurions, cher monsieur, une relation platonique, j'en ai bien peur. Les corps ont des vitesses bien à eux et la chimie étrange qui fait dilater les vaisseaux ne relève ni de la volonté ni d'un choix.

Sans façon,

d

Chère énigmatique D,

Votre vivacité me titille, c'est vraiment dommage que ma taille vous rebute. Le blocage ne pourrait-il pas rapetisser devant l'allongement de mon viril appendice ? La nature à cet égard m'a choyé d'un sexe robuste bien vascularisé…

Une relation platonique, je ne sais pas, je voudrais en ce moment vous honorer sans détour… Allons, la vie peut être si simple… ne perdons pas de temps, jouissons du moment…

Je vous baise la main, faute de mieux…

A

Cher petit monsieur,

Je ne vous proposais pas une relation platonique, je vous annonçais une fatalité.

Je n'ai pas de « blocage », que des « goûts ». Comme certains préfèrent les blondes, les gros ou les trucs en caoutchouc. Je suis beaucoup trop intègre pour même prétendre une seule fois, ou une seule chose. Beaucoup trop consciente pour vous exposer à une seule déception, même sans vous aimer.

Mais vous avez bien raison. La vie pourrait être plus simple et vous faites bien de ne pas vous engager dans les détours. Je dis souvent qu'on est à 2 centimètres du bonheur. Deux centimètres, probablement l'espace de quelques cellules cérébrales qui régissent bien maladroitement les choix qui nous rendraient plus heureux. Dans votre cas et pour le commerce qui nous intéresse, je dirais plus de 6 à 8 pouces.

Je vous souhaite une bonne journée, bonne route, bonne suite et tout ce que vous voulez. La juge russe est revenue et elle est impitoyable.

d

M,

Soir de pleine lune.

Je te suggère You're the One that I Want, *de Lo-Fang. Un classique de notre jeunesse lascivement revisité. J'ai aussi une deuxième option,* Love Theme *de Blade Runner, un vrai classique pour évoquer le souvenir de ta peau ferme et tes érections faciles. Souffre un peu, c'est ma tournée.*

Je t'ai dit que je t'ai trouvé sexy ? Je t'ai dit qu'à la minute trois où mes yeux ont regardé ta grande enveloppe, je t'ai trouvé attirant ? J'ai perdu les deux premières minutes de notre rencontre à me ressaisir. Mon corps, qui pourtant ne m'embête pas, était de trop. Si j'avais pu, j'aurais détaché mon cerveau de ma tête et je serais venue en matière grise dans un Ziploc. J'ai marché vers toi pendant que tu me regardais, immobile, j'ai eu peur de boiter, de m'enfarger, de tomber. J'avais six bras et douze jambes. J'ai eu peur que tu me trouves grosse ou laide. J'ai eu peur de loucher. J'ai eu peur de parler mais je n'ai rien eu à dire. Tu n'as pas laissé un seul silence, je crois que tu n'as pas respiré. Tu as parlé sans t'arrêter, nerveux ou intarissable de nature. J'ai pu te regarder.

Est-ce que je t'ai trouvé beau ? Je ne sais pas, je n'ai jamais aimé les blonds, ni les nouvelles affaires. Je dois toujours laisser le temps à mes yeux de s'habituer aux primeurs. Assurément sexy. J'ai toujours aimé les grands garçons, ça me donne l'occasion d'être une fille, toute petite et soumise. Quelque chose qui remonte à des temps caverneux, quand vous alliez chasser le gros souper et que nous cultivions les petits fruits et les petits morons. J'aime savoir que physiquement, je ne peux pas dominer. Ça me repose.

Je me suis aussi dit en te regardant que tu n'avais aucun style. Ça t'aurait été bien utile de me fréquenter. Je t'aurais appris à utiliser ton grand corps pour charmer, je t'aurais appris à l'habiller pour que les regards se tournent vers toi. La séduction par le corps est normale et souhaitable. Le style chez un hétéro est toujours extrêmement spectaculaire, surtout sur une longueur de 1,88 m et un tour de taille honnête. Je t'aurais appris la joie d'une porte ouverte avant même de toucher la poignée. Ça nous aurait peut-être donné une petite pause que tu te taises une minute et que tu laisses parler ton corps. Peut-être aussi qu'il aurait pu reprendre sa place, celle d'être bien plus que le transporteur officiel de ta tête. Franchement, le sujet m'ennuie presque. Aussi important que le style est dans la vie d'une personne, il se résume à des bons choix de vêtements et je n'ai pas envie de parler de guenilles, plutôt de te les enlever.

Je t'ai trouvé sexy. Ce sont des mots que je ne dis jamais de clarté, je les écris encore moins. Un vestige d'éducation chrétienne où les femmes ne s'acoquinaient jamais au désir sans risquer de perdre leur vertu, leur réputation ou un autre mot endormant dont le bénéfice s'est aussi un peu perdu. À ta vue, mon sang qui connaît bien son trajet quotidien s'est égaré dans des géographies lubriques. J'ai eu immédiatement envie de jouer à la bouteille. Aujourd'hui, soir de pleine lune, j'enlèverais tous les règlements.

d, loup-garoune

Mon filet Réseau Rencontres ne désemplissait pas

Beaucoup de prises et de la cochonnerie de fond de mer.

Le ton anthropologique de ma fiche semblait plaire à une faune particulière, m'apportant un lot de mammifères un peu difficiles à aimer. Je furetais sans trop de motivation à la recherche de qui pouvait bien susciter une réponse quand une fiche échevelée m'est apparue.

Bonjour monsieur Larousse, à moins que ce ne soit Robert.

Je prends plaisir aux mots, votre orgie m'a fait sourire. Je ne suis pas très sûre de comprendre l'intention derrière votre profil, vous êtes toutefois un beau phénomène.

Merci pour l'oasis dans tant de petites pages sèches,

d

Oui, Robert Larousse pour vous servir. Frère de Littré, beau-frère de Synonyme, cousin d'Antonyme, jadis heureux époux de Mme Rime. La rumeur veut que Lapsus fasse aussi partie de la famille, une abstruse résultante extraconjugale du cousin Erreur de Syntaxe.

Ma largesse de mots a atteint son but… le plaisir. Comment me démarquer autrement que par ma faconde ; je n'ai pas l'éclat Bradpitesque, le triomphe Guylalibertérien ou la sagacité StephenHawkinoise.

Phénomène ou noumène, je m'incline devant votre gratifiant vocable.

O

Cher monsieur Exagéré,

J'ai une pensée pour votre lobe frontal. Chaque soir, vous devez le coucher au bord de l'épuisement.

d

Mme Préhistorique souriante,

Mon lobe frontal fait aussi dans l'ordinaire, c'est le temporal qui m'épuise.

O

Tiens, vous touchez terre après quelques textes, seriez-vous déjà à court de mots vertigineux ?

Votre effort à corriger le lobe me rassure, vous ne souffrez que d'incontinence verbale, non pas d'hérésie langagière profonde.

d

J'entends vos mots devenir dysentériques, vous attrapez l'amphigouri. J'espère que je n'ai pas trop contaminé vos lobes.

O

Nenni, j'existais déjà dans cette pathologie. Je fais rarement d'extra pour des inconnus.

d

Votre étanchéité à l'empreinte se lit, votre épître est cristalline. L'inconnu le galvanise.

O

Vous rechutez. Je n'aurais pas pu vous inventer, vous êtes la forme humaine d'un mal de tête. Dites-moi, que faites-vous dans des terrains virtuels si prosaïques ? Votre profil est assez atypique pour faire fuir la clientèle.

d

Vide superfétatoire, hégémonie d'ami, reddition… et me voilà dans un catalogue de pièces disjointes.

La présomption de fuite m'afflige, je croyais sublimer… vous me dites que j'estourbis. Les femmes ne sont-elles pas lyriques ?

Et vous ? Que faites-vous ici, vous remuez des vétilles ?

O

Oui, d'une certaine façon, je cuisine des bagatelles.

Je ne voudrais pas vous contredire, notre relation est si naissante, mais les choses hors-norme ne sont jamais de grands vendeurs. Eh non, vous n'êtes pas dans la norme, vous stupéfiez. Que ce soit par vos écrits, presque épeurants, ou votre physique particulier, pas déplaisant si on aime les méchants dans James Bond. *Je n'ai pas fait de statistiques sur l'offre féminine de RR mais si je me fie aux hommes, l'offre est très conventionnelle. Mieux vaut faire son épicerie le jeudi, aimer aller à Cuba et copuler une fois par semaine, de préférence le samedi. Faire usage de mots compris par le public cible de* Salut, Bonjour! *est aussi un atout.*

Non, les femmes ne sont pas nécessairement lyriques, elles ratissent plus large que les clichés prêtés à leur sexe.

J'ai fait un blitz de quinze jours sur RR pour échapper à une peine qui traîne et aussi parce que c'est bien de tenir une main de garçon en automne.

d

Si mes écrits vous font peur, peut-être que mes paroles inspireront votre confiance?

Vous conviendrait-il d'en faire la preuve entre 18 h 11 et 20 h 08, dans un endroit public pour éviter l'épouvante? Le plus grand risque, c'est une heure cinquante-sept minutes de temps perdu, l'équivalent d'un mauvais film.

Bonne nuit

O

Je subis présentement une zone de turbulences. Alors que mon horaire est généralement pesant, cette semaine, on parle d'obésité morbide.

Je vous contre-propose donc un 12 h 06 à 13 h 32, ce vendredi. Le matin, j'aurai été chez le notaire rendre la maison que je possède depuis quinze ans. J'aurai possiblement le cœur gros et une raison plausible pour expliquer mon manque d'entrain si vous m'ennuyez comme un jour de pluie… ou un mauvais film.

Bonne journée

d

AC-CEP-TÉ !
Voyez, je parle aussi TVA. Écrire est un jeu.
O

Je suis très heureuse d'apprendre qu'à l'oral, je pourrai vous suivre sans difficulté. J'ai horreur d'avoir l'air retardée.
d

Nous nous sommes rencontrés. Contrairement à ce qu'il avait prétendu sur sa fiche, il n'avait pas cinquante-quatre ans, mais bien soixante. Coquetterie ou nullité en math ? Il était plutôt beau, pour peu qu'on aime les méchants dans *James Bond*. S'il avait un corps de dieu, ça se réduisait à la cime, comme les sapins finissent avec une petite branche nue. Et comme on n'était pas à Noël, ce n'est pas une lumière qui le coiffait.

Nous nous sommes revus. Est-ce qu'il me plaisait ? Non. Assurément, il ranimait de vieilles écritures génétiques qui forcent à copuler pour parfaire la race. Alors que j'étais tranquille avant lui, il devenait soudain important d'amalgamer son corps et ma cervelle dans un dessein darwinien. Mon cerveau aurait dû juger que ce n'était pas nécessaire, mais en définitive, l'organe excité me sommait de m'étendre sur le grand mammifère.

Cette deuxième fois, nous nous sommes embrassés à bouche que veux-tu.

Maaaaaaaaaaaaaaaaa, pas une super bonne idée.

O,

Je t'ai dit que je suis pudique, c'est vrai. Surtout sur ce que je ressens. Tu m'attires. Sans doute une grosse part de cette attirance repose sur des chimies totalement irréfléchies mais je peux aussi nommer des raisons. Tu es heureux, ça me rassure. Tu es masculin, ça m'encadre. Tu es beau, distrayant, pas une minute ennuyant, adolescent. Le reste, je ne sais pas, on ne se connaît pas. Tu dis marcher sur des œufs, tu dis entendre une petite voix qui t'encourage à ne plus me revoir. Moi, je me sens à côté d'un cheval sauvage qui ne vivrait pas bien en écurie. On ne fera pas des enfants forts.

Sauf que.

Je ne suis pas pudique de mon corps, en fait, j'y trouve un allié. Alors que je ne fais pas toujours confiance à ma tête, mon corps ne me ment jamais. Et j'ai envie de toi. Nos corps pourraient ne pas se rencontrer dans la même liesse que nos bouches. J'en doute. Je ne sais pas ce que nous serons, mais je sais cette compatibilité.

Tu me parlais de ne pas se revoir, et je n'arrivais pas à te répondre. Je n'ai pas de « stratégie », je n'ai pas envie de manipuler, de ne pas dire ou retenir, je suis transparente jusqu'à l'invisibilité. Malgré cela, je ne suis pas arrivée à te parler, surtout sans approcher ma bouche de ton oreille. Alors voilà, c'est fait. Ne me réponds pas, si l'écriture t'intimide. Dis-moi seulement si on se revoit, dis-moi si la petite voix qui te dit de ne pas me fréquenter, dis-moi si cette petite voix te parle plus fort.

Bonne nuit, je t'enlace.

Bonjour Miss,

Tes mots sont clairs, puissants, beaux, inspirants comme toi. Ce n'est pas une petite voix qui me parle, c'est ma voix, elle parle fort et souvent. Je l'écoute. Tu me fais peur, tu trouveras mieux.

Merci pour ce court moment.

O

Eh ben. Tu me demandais, l'autre jour, ce qui me rendrait heureuse, je te réponds à chaud. Ce qui me rendrait heureuse, c'est qu'une fois, juste une fois, je sois choisie.

Je voudrais surtout ne plus entendre : « On sait ben, toi, tout te réussit, tu n'as besoin de rien. Tu es forte, tu survis à tout. » Je voudrais ne plus lire que je suis belle, forte et inspirante, je voudrais, une fois, être choisie.

Passe une belle vie.

d

D,

Premièrement, ce n'est pas toi que je ne choisis pas, c'est une relation. J'ai écrit sur ma fiche que j'étais sur le site pour une rencontre simple, inattendue, chaste et chaleureuse.

C'est ce que je veux. Pas de relation sérieuse.

Cependant, toi et seulement toi as mis un doute sur ce que je veux, en quinze secondes. Quinze secondes, toi, comme tu es, confiante ou faible, intense ou dépouillée, femelle et courageuse. Pas celle qui réussit tout, je ne la connais pas et je n'en saurais que faire.

Et puis : « Passe une belle vie. » Je ne suis pas disparu, je suis disponible, je peux poser de la céramique, je peux écouter, garder des enfants, peut-être réparer des bobos. Je peux être divertissant.

Je répète, merci pour ces courts et beaux moments.

J'ai un peu mal à la tête, quand ce ne sont pas tes mots, ce sont tes concepts qui sont touffus. Je ne sais pas où ça a chié, mais le déraillement m'attriste.

Je n'avais pas remarqué les attentes sur ta fiche. Je ne t'avais pas écrit pour poser ma candidature, plutôt pour te dire que j'appréciais ta différence. Tu me faisais peur. Trop singulier. Je ne sais même pas pourquoi j'ai accepté de te rencontrer si facilement. Ça ne me ressemble pas.

Peu importe, here we are.

Tu n'es pas disparu ? Moi non plus. Tu as passé de beaux moments ? Moi aussi.

Poursuivons sans plan, rappelle-moi quand tu es disponible.

Oui, bon… tu parles que je n'avais pas de plan. Il me plaisait beaucoup. Physiquement, il était au-dessus de mes moyens. Intellectuellement, cependant, je pouvais l'acheter comptant… Ma volupté, qui avait dormi quelques saisons, se réveillait à proximité de la belle créature, j'étais disposée à attendre la période de rut… qui se manifesta après une dizaine de jours. Un rendez-vous au parc pour dîner. Re-bouche que veux-tu.

Re-silence. Je m'impatientais. J'avais la libido bien en éveil. Cette façon qu'il avait eue d'offrir sa bouche et ses caresses, même furtives, cette parade de sensualité, cet effort à séduire par la surface, tout cela était lassant mais sexuellement efficace. Pour la première fois de ma vie, je me suis sentie comme ces garçons qui n'ont qu'un désir : aboutir.

J'ai mis tous mes jetons en jeu.

O,

C'est une étrange journée, aujourd'hui. Une journée de chaleur et de grisaille. Une journée pour fermer des dossiers.

Dis-moi que tu es mort. Je sais, c'est définitif et pas très chrétien de ma part. Dis-moi que tu n'as pas fait une petite sortie de scène sans salut. En catimini, en chaussettes, les souliers dans les mains pour ne pas faire de bruit… ah, sans courage ! Ça ne conviendrait pas à ta stature et ce serait tellement décevant…

Aaaaaloors.

Bonne vie, pour vrai. Puisses-tu trouver ce que tu cherches et qui te rendrait par-fai-te-ment heureux. Quoi que tu en dises, on ne va pas sur Réseau Rencontres sans quête.

xx

OK, Sarah Bernhardt. Tu es une artiste… catégorie drame.

Tes derniers mots étaient « Rappelle-moi quand tu es disponible », je ne l'étais pas.

Je n'ai pas à m'expliquer mais le lundi, je jouais au squash, le mardi, je suis allé au cinéma avec deux amis, le mercredi, j'ai joué au squash, le jeudi, j'étais fatigué, j'ai pris un bain et je me suis reposé, le vendredi, j'ai joué au hockey. Je sais, je suis adolescent, je joue beaucoup. La semaine je ne pense pas à faire des activités avec toi parce que tu n'es pas disponible.

Samedi, il ne faisait pas beau, j'ai fait mon ménage, l'épicerie et des courses pour la maison. Samedi soir, j'avais une soirée de bowling prévue depuis longtemps pour l'anniversaire de mariage de mon oncle et de ma tante. Fête qui a fini très tard, couché tard, levé tard, mal de tête. Dimanche, je travaillais.

Lundi, je jouais au squash, mardi, j'avais un spectacle avec une amie.

Il reste les dîners de la semaine. Je sais que tu as parfois le temps mais moi je n'ai pas le goût.

Aaaaaloors. Je n'étais pas disponible, et je n'ai pas à me justifier. Ha, ha.

Aussi, je te trouve moralisatrice sur ma façon de dire les choses.

Dernier point, RR. Je n'ai rencontré personne d'autre que toi, ni répondu à personne ni écrit à personne. Rien. Et je n'ai pas à me justifier.

Sur ces beaux mots, bonne vie à toi aussi.

XX et j'en rajoute XX

Merci d'avoir pensé que j'ai de la stature et tu embrasses bien.

Sourire

O,

Tu me fatigues. Je ne peux pas croire que je te réponds. Certainement parce que tu embrasses bien, aussi, la chair est faible.

Je ne suis pas dramatique, au contraire. Je n'aime pas les flous artistiques, j'aime les choses claires. Je ne me répands pas en détails sans intérêt. Je dis ce que j'ai à dire. On ne peut pas en dire autant de tout le monde ici. Grand garçon, quand on a le moindre intérêt à maintenir un contact, même occupé, au terrain de baseball, en quarantaine, ou au Kazakhstan, on trouve le moyen d'envoyer un petit coucou : « Je suis en vie, je pense à toi, on se voit plus tard. » On ne se retire pas en douce, en silence.

Et c'est quoi, ça, « sourire », rajouter des X ? C'est quoi, ça, me répondre ? C'est quoi, ça, « j'embrasse bien » ? Tu avances ou tu recules, fillette ?

d

Arrête de me faire la morale ! Es-tu la seule à savoir comment agir ? Si tu n'es pas contente, ne me réponds pas. Ta tirade sur le flou marche pas quand on n'écoute pas, tu n'entends pas ce que je dis, il n'y a que toi qui sais comment tout dire. Je pense ce que je veux, je dis ce que je veux. Ton flafla coucou « je pense à toi », c'est pour les amoureux, les doux, les romantiques, pas toi ! Et laisse-moi dire ce que je pense, si je pense que malgré ton chialage je t'aurais quand même embrassée et je pensais aussi que tu embrassais bien et c'est cela que j'avais à dire. Si c'est pour avancer, reculer, fillette avec ou sans stature, c'est ton problème parce que moi je suis toujours pareil ! Pour finir, je ne veux pas être en couple je veux faire des activités avec une femme je l'embrasse si je veux, je fais ce que je veux, j'ai déjà tout dit ça, mais pour toi, ce sont des détails sans intérêt.

JE ME RETIRE, PAS EN DOUCE PAS EN BAS. NE TE FATIGUE PAS NE ME RÉPONDS PAS BYE SANS

X SANS FLOU C'EST-TU ASSEZ CLAIR ?

Ahhh, cher O…

Voilà ! Ça, c'est une réponse ! Encore un peu touffue mais claire. Peut-être aussi un peu désagréable. Je retiens de nos échanges une espèce de tension que je ne vis jamais avec personne. Non, vraiment, jamais. Plus rough *que ça, c'est le duel. Si tu veux te battre, sans linge et dans une place où on peut soupirer très fort, tu sais où je suis.*

Tu ne comprends rien ! Je te dis de ne pas me répondre, tu réponds, je te dis bye, tu m'offres de me battre sans linge et soupirer fort. Là, c'est toi qui es floue, je comprends rien du tout tu veux une relation sexuelle ou tu veux te battre ???

Et si je veux, faut que je fasse des petits coucous ou que j'arrive ? Ah, oui, hein, moi, je ne suis pas clair, j'avance, je recule, je ne dis pas ce que je pense… C'EST DÉSAGRÉABLE À LA FIN !!!!!!

Je n'ai aucune intention de t'être désagréable, je ne t'écris pas, non plus, de lettres oversized *dans mes mails.*

Je n'aime pas la douleur. Tes soupirs, et les miens, ne devraient s'inscrire que dans le plaisir et oui, je parle bien de faire l'amour.

Je sonnerai à ta porte…

Ben simple, le moins de mots possible. Tu es dispo, tu me fais signe, je suis dispo, je vais chez toi, on est à côté. Facile.

Ça ne prend qu'un minimum de courtoisie et de suivi de dossier, pas plus de 41 mots à la fois.

Suivi 1, coucou.

J'ai une semaine de fou, je suis libre dimanche soir.

13 mots.

Dispo

1 mot

Suivi 2, coucou.

Dimanche, trouve 15 minutes de libres entre 18 h et 20 h pour faire du *necking* dans ma camionnette. Apéritif avant le grand repas.

27 mots.

Nous aurons un souper de gang pour l'Action de grâce. Sur ma rue. Tu me préviens et je te rejoins.

J'estime notre âge à 33 ans, à 2. Ça me détend beaucoup.

32 mots

J'espère que c'est moi qui ai 17. Précise l'heure. Je serai nu.

12 mots

Un peu tard en saison pour la nudité, n'en espère pas autant de moi.

Je dirais 19 h 52.

Texte-moi. Peut-être plus 30 ans finalement, 15 chaque.

J'ai prévenu mes hôtes que je devrais m'absenter quinze minutes pour aller à la rencontre d'une collègue qui viendrait livrer du tissu pour mon travail. Excuse trop facile, mon métier implique des délais irrespectueux qui justifient que je travaille un quart d'heure un dimanche soir d'Action de grâce.

À l'heure précise, il m'a textée, m'a envoyé une photo de sa camionnette garée devant la maison d'un voisin pour que je le retrouve. Je m'y suis rendue, amusée. J'ai ouvert la portière latérale. Il était allongé sous une belle douillette en plumes dans un lit moelleux qui prenait toute la place. J'ai éclaté de rire, me suis couchée sur lui. Il était complètement nu… et magnifique. Un dieu. Ma tête tournait déjà un peu du vin que j'avais bu au souper, mais j'étais surtout étourdie de la tornade dans mes sens. Un tournis primaire, fait de pulsions débridées.

Être vivante. Avoir du désir, si fou. Perdre la tête et ne pas la chercher.

J'ai oublié qui et où j'étais. J'ai laissé mes sens me soûler. Je l'ai embrassé sans que ma bouche s'ouvre jamais assez grand, je l'ai touché et touché encore sans me lasser, j'ai goûté sa peau. J'ai senti sa peau, son odeur, son odeur d'envie. Je l'ai aimé sans amour, sans engagement, sans temps, sans signification, sans conscience. Je n'ai laissé que le désir, sans mot, sans heurt, prendre toute la place. Sans retenue, à la manière d'un sport extrême.

Ou comme un obèse au régime laissé sans surveillance au buffet.

J'étais vivante, à cette minute, pas une de plus ou de moins. À cette minute, enflammée, là, présente, attentive à tous les stimuli, lovée dans un autre animal chaud. Dans mon corps en éveil, lui qui avait tant dormi.

Jamais de ma vie je n'avais partagé d'intimité sans être amoureuse. J'avais renoncé à être aimée au complet. J'avais renoncé à ce qu'il me trouve belle ou unique. Renoncé à compter plus que toutes les autres, plus que tout, renoncé à l'apaisement de me savoir aimée. J'avais renoncé à rendre la pareille. J'avais renoncé pour une explosion de sensations primitives. Pour être engloutie. Pour l'affaire la plus initiale, l'acte de reproduction et toutes les pulsions qui nous y poussent. Pour vivre. Pour être touchée, pour sentir sur mon corps d'autres mains que les miennes, pour être touchée, possédée, conquise, pénétrée. Ne pas être seule, un moment, être deux.

Je l'ai fait dans l'exubérance.

Les quinze minutes ont passé. Je suis rentrée chez mes amis, les joues écarlates, décoiffée. Je me suis assise devant mon assiette, en grognant comme tous les autres convives, savourant la succulence du plat. Je n'ai pas dit un mot, j'ai feint l'appétit. Je n'avais pas faim d'une dinde, j'avais dévoré un meilleur animal.

Il n'a rien écrit, le soir. Moi non plus. Qu'est-ce que j'aurais pu dire qui n'aurait pas sonné comme de l'attachement ? Je ne voulais pas qu'il croie que je pouvais tomber amoureuse de lui. Peut-être un jour très, très, très lointain, ayant capitulé devant la faiblesse de ma chair. Certainement pas là, après des échanges tumultueux et un intérêt superficiel.

O m'a textée, oui, textée ! Le lendemain matin. Malgré une rencontre charnelle extrêmement agréable, je lui tombais trop sur les nerfs pour qu'il remette cela. Il me semblait que j'avais été un peu occupée pour trouver l'occasion de l'irriter. J'ai compris les hommes qui mentent et sont prêts à tous les manques d'intégrité pour jouir dans un autre corps. J'aurais dit n'importe quoi pour qu'il me fasse grâce de ses états d'âme et qu'il m'offre son corps de nouveau.

Sans succès.

Next.

Cher M,

Je t'ai été infidèle. Je sais bien que techniquement, ce n'est pas possible, mais j'ai eu une autre relation étrange à sens unique. Puisque c'est déjà ce que nous avons et que je l'ai fait avec quelqu'un d'autre, ça doit compter pour de l'infidélité.

Je n'étais pas infidèle, en couple. Peut-être, plus jeune, ai-je traversé quelques frontières interdites, jamais comme adulte engagée. Si j'avais été infidèle, je l'aurais avoué, il faut trouver le courage d'assumer une faute d'intimité. En amour, on ne doit pas l'entièreté de son corps, on doit l'entièreté de son âme. Lier sa peau une seule minute, une seule fois autrement qu'avec son amour doit être avoué, que ce moment soit signifiant ou non. Ne pas le dire, c'est ajouter un mensonge à l'offense et couvrir sa médiocrité. Ne pas le dire, ce n'est que pour s'épargner un aveu difficile, car reconnais que ce n'est pas de le dire qui fait mal, c'est de l'avoir fait. Je crois qu'il faut aussi faire confiance à son amour pour qu'il pardonne la petitesse de la faute devant la grandeur de l'aveu.

Je n'étais pas infidèle parce que je savais pratiquer la séduction à petite échelle. Le charme s'entraîne, comme le corps ou le cerveau. Surtout en couple, on doit rester conscient des attirances qu'on suscite et de celles qui nous troublent. Dans mes années duo, chaque petit envoûtement, chaque clin d'œil a été une nourriture normale à ma sensualité si bien que je n'ai pas eu, affamée, à plier des genoux devant un buffet ragoûtant. Ou m'asseoir en fesses sur la photocopieuse, pompette, un soir de Noël au party de bureau.

Je digresse.

Bon, infidèle. Je ne te dis rien par grandeur d'âme, je ne m'attends pas à ce que tu sois jaloux, offusqué ou reconnaissant, cher Mutisme. Je cherche à diversifier mes reproches, et tous les prétextes sont bons pour te chialer un petit quelque chose. Ça me fait du bien, même si c'est inutile.

Il me semblait que j'avais du jugement. Il me semblait que mes affaires n'allaient jamais si mal. Il me semblait que les pas fins, ceux qui ne rappellent pas, ceux qui ne se soucient pas, n'étaient pas pour moi. Je croyais que cette sorte de garçons-là était pour les moches. Les filles vraiment pas jolies, toutounes ou un peu bêtes. Les filles sans style, sans panache, sans discernement. Chaque fois que j'ai entendu des histoires de marde, je me suis dit : comment as-tu pu te ramasser un idiot pareil, pauvre fille…

Comment ai-je pu me ramasser un idiot pareil, pauvre fille…

Tu sais, il n'était pas toi, je n'ai pas pensé à l'aimer ou à en être aimée. J'aurais dû courir dans une autre direction, pour être loin, loin, hors d'atteinte. Mais quelque chose d'attirant, comme la lumière pour un insecte, quelque chose de physique, de puissant, de brûlant m'attirait vers lui. Alors j'ai renoncé à l'approcher entière. J'ai renoncé à ce qu'il me trouve belle ou trippante, à compter, à être comprise d'un regard, apaisée d'un sourire. Renoncé à un amour signifiant qui aurait soigné bien des peines. J'ai renoncé pour une fraction de relation, pour ce que tout le monde peut avoir, sans avoir trouvé le trésor, du SEXE. Me coucher contre un autre animal chaud. Me sentir vivante, un peu, une fois. Coucher avec lui, coucher contre lui. Comme les adultes font sans trop se poser de questions. Sans attache, sans attente. L'attirance, saine ou non, était réciproque, je croyais que des heurts inexplicables nous rendaient incompatibles de cœur, pas de corps. J'avais renoncé à comprendre. J'avais renoncé à tout pour être baisée.

Même pour si peu, je n'étais pas suffisante. Je n'y ai presque pas eu droit.

J'ai de la peine, j'ai aussi mal à la vanité. J'ai été traitée comme une fille sans intérêt, pas une fois, mais deux, alors je dois l'être. J'ai été traitée sans respect, pas une fois, mais deux, alors je ne dois pas le mériter. Tu sais comment je me sens ? Comme la laideronne de l'école qui avait des boutons et des culottes avec une taille élastique. Des broches et des lunettes.

Je peux bien dire que je n'en voulais pas, que de toute façon il n'était qu'un grand tata. Comment m'en sortir, autrement ? En plus d'avoir de la peine, perdre la face ?

Je ne sais pas c'était quoi son idée, au grand lard, de me rejeter. Il ne connaissait pas son rang… Quoi? Il avait dû prendre des pilules bleues pour quinze minutes de vie et ayant eu peur à son cœur, il ne voulait pas risquer de devoir encore relever médicalement la grande colonne devenue fainéante le soir de ses soixante ans? Ou non, pour vrai, il ne voulait pas perdre sa liberté, celle de roter et de péter à sa guise dans sa maison, de manger des toasts au ketchup tous les soirs sans être tracassé? Il voulait encore se promener en bobettes, tout seul dans sa maison avec ses ongles incarnés? Il voulait toujours être capable de passer dix-huit jours avec ses restes de pizza, porter les mêmes bas toute une semaine, pisser à côté du bol de toilette pour le reste de ses jours d'adolescent retardé? C'est quoi, cette liberté qu'il ne voulait pas perdre à JUSTE coucher avec moi? On s'entend-tu pour dire que je ne l'aurais pas fiancé à Noël? Aye! Soixante ans!!! Stationne ton char tout de suite chez une infirmière plus jeune pour tes quinze minutes. Tu ne m'as pas trouvée assez douce, amoureuse et gentille, attends d'avoir une couche. Pis ça s'en vient.

Et puis on parle pour parler, tu es comme une oreille facile et tu sembles atteint du syndrome. Sur le long terme, je tenais à lui comme à une maladie de peau. Comment pouvait-il avoir peur de «l'engagement»?

Ah ben, oui… Qui veut être deux au lieu d'être seul? Qui veut entendre, au réveil: je t'aime, tu es la plus belle chose de ma vie? Qui veut l'entendre tous les jours en sachant que chaque mois, chaque année ajoute à l'intensité et augmente la chance qu'une fois, juste en pensées, on ne se sente plus seul? Qui veut savoir que peu importe la journée, de misère, de joie ou de rien, il est possible d'avoir un accueil chaleureux, de la compréhension, du champagne, une soupe au poulet ou un simple baiser ? Qui veut se coucher, le soir, contre son semblable, bien enroulé dans sa chaleur et sa bienveillance ?

Qui veut, à son tour, tendre les bras et dire : viens là, te réconforter me fait du bien, t'aimer me fait m'aimer ? Qui veut avoir un amour si fort que son seul prénom fait frissonner le creux des reins ? Qui veut désirer ? Qui veut user ses lèvres sur d'autres lèvres ? Qui veut caresser plus que la peau, qui veut jouir avec une autre âme et non pas un autre sexe ? Qui veut être aimé jusqu'au trognon ? Qui veut une famille pour refaire parfait ce qu'on avait déjà eu tout croche ?

Qui veut grignoter des oreilles ? Qui veut écrire un prénom avec des céréales dans un bol de lait ? Qui veut tenir une main pour ne plus toucher terre ? Qui veut perdre son chemin dans d'autres yeux ? Qui veut rêver en pleine journée ? Qui veut que son cerveau sécrète de la joie chimique, plus forte que tous ces médicaments qui n'induisent qu'une perception ?

Tu as bien raison, pourquoi s'engager ? Pourquoi risquer d'avoir du plaisir alors qu'on n'en a pas ?

Pffffffff.

Je suis en dents de scie, inutile de le dire. Aujourd'hui, je péterais des gueules et je commencerais par la tienne. C'est de ta faute si j'étais déjà à terre avant qu'il ne me garroche plus bas.

Fâchée noire.

M, suis-je féminine ?

Hum. O m'avait demandé si j'étais féminine. Depuis, la question traînaille dans ma tête. Pas eu vraiment envie de lui répondre, trop idiot. Tu vois, à te destiner la réponse, je t'estime encore.

Je ne sais pas ce qu'est « être féminine », mon ignorance doit tout dire. Mais tu commences à me connaître, j'ai de la difficulté à arrêter à quarante-trois mots, avec toi.

Soixante-trois.

Physiologiquement, je n'ai pas une silhouette de bimbo, mais si être féminine, c'est avoir des seins, une taille et une vulve, je me qualifie. S'il faut jouir en étant pénétrée, et non pas jouir en pénétrant, je suis femelle. Si, pour être une vraie fille, il faut que je sois attentive aux percées de la chirurgie esthétique ou du remplissage, et aimer me moquer de celles qui en abusent, j'ai péché. Porter du vernis à ongles et des talons hauts ? Présente !… Quand ça me tente et que je n'ai pas à travailler comme un homme, toutefois.

Alors, je ne sais pas. Les traditionnelles références ne valent plus rien. À vivre tout seuls, garçons ou filles, nous avons tous mêlé nos affectations de sorte qu'on ne sait plus vraiment si on fait les tâches par goût ou par nécessité. Je cuis sur le barbecue et tu fais probablement ton repassage. Si ce n'était qu'une question de goût, j'échangerais mon barbecue contre ton repassage. Dans d'autres situations, les rôles ne s'inversent pas par penchant anticipé. Je préfère tirer des joints que d'aller faire l'épicerie. En ce sens, si je deviens masculine en besognant à mon quotidien, je suis un « bon » homme. Je ne m'évanouis pas s'il y a des asticots dans mes vidanges, je stationne aisément en parallèle une voiture manuelle, le bras ballant sur la portière, je sais utiliser un ratchet, *brasser du ciment et s'il y a des souris dans ma maison, je n'appelle pas l'armée américaine.*

Parfois, mes poings se serrent et je parle entre mes dents.

Par goût, j'ai envie d'être soulevée physiquement du plancher par ma tendre moitié, d'entendre «Je t'aime» dans une octave plus basse que ma tonalité, d'appuyer ma tête sur une épaule un peu poilue, et qu'une fois sur la pointe des pieds, je peine à atteindre les oreilles, poilues aussi, pour renchérir: «Je t'aime plus.» J'ai envie d'avoir la peau du visage poncée par celle de mon partenaire, que j'ai envie d'appeler «mon homme». Mais je crois que ça ne me rend pas féminine. Ça fait que je ne suis pas lesbienne. Lesbienne, je devrai te reparler de ça, un jour, j'ai l'illusion que ça aurait été un choix plus souhaitable, si seulement ça en avait été un.

Être féminine ne doit pas être une question d'allure ou comment j'occupe mes journées, sinon il n'aurait pas eu à me le demander, il l'aurait su. Quoooooique. Je ne suis pas sûre qu'il était vraiment perspicace.

Être féminine et, par ailleurs, masculin doit être dans l'attitude. Non, plus profond encore, bien creux sous la peau, proche des glandes exocrines. La féminité doit être une sécrétion dont on ne saisit pas l'emprise, qui ne s'enfarge dans aucune volonté. Quelque chose d'inévitable comme l'admiration pour le gros poilu rapportant du mammouth les joues balafrées, les genoux en sang. Comme la fierté de satisfaire le gros poilu en apprêtant le mammouth avec des petits oignons.

Mais ça ne devait pas être le sens de sa question, vu qu'il n'était pas doctorant en génie, le Gino. Es-tu féminine, ça devait plus être dans le sens: «Ta brassière est-tu pleine ou te rases-tu les aisselles?»

Ayyyyyyyyye !

Je pellette la cour en hiver, je fais les changements d'huile, de pneus et de la timing belt, *je négocie l'hypothèque, je pars le barbecue au bois juste avec des allumettes, j'allume le foyer et le chauffage au gaz, je vide le spa, j'achète des meubles chez IKEA, je les mets dans mon char, je les sors de mon char et je les monte avec mes outils. Je tire des joints, je peinture les murs et je sable les planchers, je fais des meringues, des costumes d'Halloween, des coiffures à ma fille, des devoirs, des lunchs, des bassins en ciment. Je couds des vêtements, je brode, j'ouvre des huîtres, je sors les vidanges et je casse des noix de coco.*

Faut que je sois féminine en plus ? Une fellation avec ça ?

M,

Je te suggère d'écouter Sophie Hunger, Le vent nous portera. *Ce n'est pas d'elle, et bien que je n'aime pas trop encourager l'auteur, c'est une chanson magnifique. Chacun voit son sens dans cette chanson, moi, j'y entends la futilité de nos existences.*

J'ai toujours eu beaucoup de courage et de volonté. Du plus loin que je me souvienne, j'ai toujours été agitée, dans l'action. J'ai toujours fait quelque chose, un beau dessin, un bricolage en macaroni, une fleur en Kleenex, un poème. Regarde maman, je suis bonne. Je suis allée à l'école avec grande facilité, regarde maman, mon beau bulletin. J'ai eu des A et des 100 %. Aimez-moi, je réussis. J'ai été expansive et bouffonne, j'ai dansé sur les tables. Aimez-moi, je ne suis pas comme les autres. J'ai travaillé, travaillé très fort, aimez-moi je fais de beaux costumes. J'ai cuisiné la difficulté, des macarons et des meringues, j'ai cuisiné la quantité, venez, venez, j'ai fait à manger. Aimez-moi, je vous nourris. J'ai emballé des cadeaux, bricolé des costumes d'Halloween, écrit des lettres, cousu des vêtements. Aimez-moi, je besogne pour vous. J'ai gardé des chiens, des enfants, écouté des drames, soutenu des amis, donné de l'argent. Aimez-moi, je fais tout pour vous, surtout m'oublier. J'ai construit des maisons, brassé des tonnes de ciment, cassé des pierres, planté des kilomètres de fleurs, imaginé des nids plus grands, plus beaux et plus confortables. Aimez-moi, j'ai une belle maison, je vous y accueillerai.

J'ai aimé des gens qui ne le méritaient pas, j'ai enduré. Aimez-moi, je vais vous réparer. J'ai soigné des chiens, enterré des chiens. Aimez-moi, vous êtes les seuls à le faire sans condition. J'ai adopté une enfant qui me fait payer l'abandon de sa mère. Aime-moi, je t'aime tellement.

J'ai toujours eu beaucoup de courage. Chaque fois que j'ai ressenti le vide, j'ai trouvé un autre projet d'hercule pour ne pas m'entendre penser que c'était fini, que je n'en pouvais plus. Une motivation venue de mes entrailles, comme une lave ardente, m'a toujours rallumée. Alors je continue. Demain, j'irai donner du sang. Aimez-moi, je tiens encore debout.

Devant toi, je n'ai rien à faire. Telle quelle, sans linge, aime-moi.

Tu vois bien que je ne suis pas suffisante.

MA FICHE AU TON ANTHROPOLOGIQUE ÉTAIT ENCORE ACTIVE

Je remuais des candidats, ça devenait une espèce de loisir, de farfouiller dans le buffet chinois avec des baguettes... Je comprenais mieux Réseau Rencontres. Je savais utiliser les paramètres de recherche de façon plus efficace, je savais sélectionner des « membres actifs depuis quinze jours », pour leur intérêt, et mettre de côté ceux qui niaisaient sur le réseau depuis toujours. J'avais compris qu'on pouvait se rendre invisible pour visiter les fiches et ne pas se faire achaler par les épais qui, dans la vie, rappellent compulsivement tous les numéros qui s'affichent sur leur cellulaire. Et qu'à l'inverse on pouvait se rendre visible pour tester l'intérêt sans effort.

J'avais compris qu'on pouvait envoyer une photo en privé seulement et choisir ses candidats plutôt que de se laisser envahir. J'avais composé une petite phrase menteuse pour annoncer mes fiançailles et me débarrasser gentiment des inintéressants.

G avait du potentiel. J'étais blasée, mais je prenais encore plaisir aux échanges épistolaires stimulants.

Votre fiche est charmante, loin du « je suis un gars simple ». Vous dépeignez fort joliment ce qui me semble la complexité attendue d'un être humain.

Nous sommes tous à tâtons, ici. Dépourvus de nos sens et de phéromones, il n'est pas difficile de se tromper… Alors que je vois chez vous une belle densité, peut-être décrivez-vous votre bipolarité avec poésie !

Je vous envoie ma photo. Toujours parce que nous sommes à tâtons, elle vous dira peut-être si vous avez envie d'avancer.

d

Bonjour D,

Tout d'abord, j'aimerais vous remercier de m'avoir écrit sans même avoir vu au préalable ma photo. Cela m'apprend que vous êtes une femme d'audace, d'intuition et de cœur.

Je partage avec vous le constat que sur ce canal de communication, nous avançons à tâtons sans possibilité de recourir ni à nos sens ni à nos phéromones.

Si cela peut vous rassurer, je ne suis en rien bipolaire, peut-être tout au plus un brin cyclothymique. Et puis, ne sommes-nous pas tous plus ou moins d'humeur changeante au gré des jours qui se poussent les uns les autres et perclus de contradictions ? D'ailleurs, je crois qu'il n'y a que les idiots et les intégristes qui avancent sans nuances et qui ne sont constitués que d'un seul bloc.

D'autre part, je vous trouve très modeste d'écrire à la rubrique « apparence physique » qu'elle n'est que « bien ». Je constate que votre photo révèle que vous êtes plutôt une très belle femme que j'aimerais bien connaître davantage.

Et puis, j'adore votre plume qui dit gracieusement et à la fois simplement et profondément les choses et la vie.

Si vous acceptez et si mon visage ne vous rebute pas trop, dans un prochain courriel, je me présenterai concrètement. Pour l'instant, j'en ignore la raison mais je n'aurais aucune gêne et aucune crainte à vous confier ce que je suis et ce qui m'anime. De plus, aucune de vos questions ne serait indiscrète. Et j'aimerais bien aussi que nous bavardions de tout, de rien et peut-être de l'essentiel. Évidemment sur la pointe des pieds, des doigts et des mots.

Dans l'impatience de vous lire encore, je vous souhaite, au cœur de ce froid soudain, une chaleureuse journée.

G

Bonjour G,

J'avais un peu hâte de vous répondre, vous écrivez bien, du manger pour l'esprit. J'espère être aussi nutritive.

Je n'ai aucun mérite à vous écrire sans photo, je n'en affiche pas moi-même. Et puis je suis plus sensible aux mots qu'aux traits. Je pense, peut-être à tort, qu'on peut lire l'âme de ceux qui écrivent. Dans les beaux traits, on ne peut rien voir de plus que l'héritage de bons géniteurs.

L'apparence physique... très relatif. Je vous remercie des bons mots. Honnêtement, je me trouve plus utile que jolie. Ce n'est plus important, avec l'âge, j'ai perdu le goût de souffrir pour ça. Je réalise aussi que celles que je trouvais belles le sont moins avec le temps. Je suis, par contre, toujours distrayante.

Merci aussi pour ma plume. Si j'ai une certaine élégance à l'écrit, je vous assure que ça dérape à l'oral. Comme vous, je suis une chose et son contraire, sans perdre un iota de cohérence.

Je travaille en télévision, je fais des costumes, artiste et pragmatique. Complexe, mais pas compliquée. Totalement fonctionnelle, atypique. Douée pour beaucoup de choses. Je vis avec ma fille de huit ans, adoptée après le séisme haïtien, je n'ai pas la liberté prévue des femmes de mon groupe d'âge. Je ne m'en plains pas, j'ai aussi beaucoup plus d'énergie, de vivacité et d'autonomie.

Je crois que vous deviez le savoir.

J'essaie depuis tantôt de vous éclairer intelligemment sur qui je suis. Je ne fais qu'effacer des phrases. Curieusement, je suis pudique, tout à coup. Peut-être un peu intimidée, aussi. Je ne veux pas manipuler, calculer ou m'épargner. Je vous le dis comme ça vient ; alors que je souhaitais vous écrire comme je crois être capable et avec grand plaisir, je me sens comme un petit poulet pas de plumes.

Vous écrivez vraiment bien. À demain, peut-être ?

Bonjour,

Je suis ému de ce que vous êtes et de vos mots. J'aime ce que vous me révélez de vous. Soyez sans crainte ! Tout ce que vous écrivez m'aimante à vous.

Pourquoi vous sentez-vous tout à coup vulnérable ? Serait-ce que le rapprochement réel que nous opérons vous effraie ? Pour sûr que nous sentons vous et moi que nous n'avons que faire des badinages. Mais, nous savons aussi que de dévêtir nos cœurs encourt des risques d'incompréhension et de rejet. Je suis d'avis que nous assumons ces hypothétiques écueils en délaissant rapidement les fadaises et les paroles creuses qui laissent croire à la profondeur.

Je me reconnais dans vos mots. Nous procédons de tant de visions et d'états d'âme similaires, ne serait-ce qu'à travers nos complexités dissemblables de caractères compliqués. Je reçois comme un témoignage de confiance que vous m'avouiez une part de fragilité que vous n'étalez sûrement jamais à tout vent. Je vous prie de ne pas me craindre. Je vous accueille dans votre entièreté et je vous ouvre candidement mon cœur. Jamais vous ne serez une accidentée de mon jugement ou même, à mon regard et à mes bras déverrouillés, un petit poulet déplumé comme vous l'écrivez.

Maintenant, tel que promis, je me présente plus concrètement.

J'ai un fils de douze ans que j'aime beaucoup et qui me le rend bien. Vous et moi appartenons presque au même monde professionnel puisque je suis producteur de cinéma. Toutefois, je dois vous confesser que les dernières années ont été difficiles : plus d'un an à agir comme « aidant naturel » auprès de mon ancienne conjointe.

Vous savez, le jour où j'ai décidé d'annoncer à mon ancienne conjointe que je la quittais a coïncidé avec celui où elle m'a annoncé qu'elle était atteinte d'Alzheimer. Peut-on alors vraiment quitter quelqu'un dont la vie n'est plus que peau de chagrin ? C'est ainsi que j'ai subi pendant plus de deux ans sa colère envers la vie que j'étais quasiment le seul à incarner. Puis, trois autres années de déchéance...

Heureusement, ces moments difficiles appartiennent au passé. Bien sûr que j'ai dû apprendre à vivre en solitaire. Mais, tout ce temps m'a permis de trouver de nouveaux repères.

Aujourd'hui, j'ai envie d'aimer une femme, d'en prendre soin et de la cajoler. J'ai envie d'apprendre et de découvrir avec elle. J'ai envie de marier mon envie de vivre à la sienne, d'entremêler mes souhaits, mes goûts, mes mains, mes jambes aux siennes, de lui dire : amour, vivons dans la tendresse et le bonheur de marcher ensemble sur le même chemin ! Vivons aujourd'hui ! Demain est un lointain pays et les années passent si rapidement.

Sans présumer de quoi que ce soit, vous m'aimantez, belle apparition. Déjà ! Oui, déjà ! Tenez, je vous prête mon épaule ! Peut-être la trouverez-vous confortable ? Qui sait si votre tête en s'y reposant, là, maintenant, n'y trouvera pas réconfort et antidote à votre pudeur subite.

Aujourd'hui est une belle journée et vous en êtes la responsable et la coupable.

P.-S. Que vous ayez une fille de huit ans ne m'embête en rien. Au contraire ! Elle ne vous rend que plus riche.

Bonsoir G,

Je suis un peu nerveuse de vous écrire, j'efface des phrases... Si j'étais devant vous, je parlerais sans arrêt. Je radote, vous écrivez bien. Je ne parle pas que d'arrangement de mots ou de belle syntaxe. Alors oui, vous m'intimidez et je me sens vulnérable. Oui, j'ai peur. Peur de décevoir, d'être déçue. Peur d'être rejetée, peur de devoir le faire. Le rapprochement est-il effrayant ? Oui !

Je n'aime pas les « débuts », j'aime ce qui est installé. J'aurais aimé rester longtemps, longtemps avec un amoureux. Ce n'est pas arrivé, douze et treize ans. Manquait de lumière, d'intelligence. Je n'avais pas non plus tout à fait compris ce qui était dans mes propres valises.

Je suis toujours figée, je ne trouve pas les mots pour dire que ce que vous écrivez me plaît. Promettez-moi qu'un jour, si nous ne nous adressons plus des mots conditionnels, et que même si nous n'avons plus besoin de mots, vous m'écrirez encore.

J'ai le vertige de vous pressentir et, à la fois, de ne rien connaître de vous.

d

Bonjour chère anonyme,

Vous êtes vibrante. Vous m'émouvez.

Pourquoi dans un courriel antérieur m'avez-vous chuchoté avoir décidé de vous abstenir de continuer à être belle ? Pourquoi l'utilité primerait sur la beauté ? Depuis toujours, j'ai cherché à embellir la vie pour la rendre plus présentable. Heureusement ! La beauté est souvent plus utile à vivre que tous ces gestes qu'on dit commodes et pratiques.

Oui ! nous vieillissons et oui nous serons un jour malades. À ce propos, ma grand-mère disait qu'il ne fallait pas vivre nos malheurs deux fois en les imaginant avant qu'ils ne surviennent. Faut-il vraiment se priver de joies sachant qu'à l'image de l'humain elles sont mortelles ?

D'autre part, lâcher prise consiste à accepter que nous ne pouvons tout contrôler, même nos propres réactions et nos propres sentiments.

Vous savez, toute ma vie et depuis ma prime enfance, j'ai pris le pli de croire qu'aimer consistait à renoncer à soi-même, à dire ce que l'autre voulait que l'on dise, à faire ce que l'autre voulait que l'on fasse. J'ai appris aujourd'hui que ce n'était que de la séduction et qu'aimer comportait de vivre enfin avec soi-même.

À quoi tient ce trouble que je ressens et que vos mots parviennent à peine à dissimuler ? Vous me laissez à percevoir que vous portez un grand chagrin. Est-il facile à nommer ou se présente-t-il sous une forme aux contours flous ?

Et si nous continuions ce mélodieux, étonnant et unique rapprochement ? Il y a risque de bonheur et possibilité de déception. Dans cette dernière perspective, nous retournerions chacun chez soi pour guérir et pleurer dans notre petit coin. Je crois que vous et moi savons comment nous y prendre.

Entre-temps, prenez mon bras ! Il fait moins froid. Marchons près de la rivière. Et parlez ! Je ne vous interromprai pas.

G

P.-S. Pour répondre à votre demande formulée hier, je vous promets de vous écrire tant que vous le souhaiterez.

G,

On ne sait jamais trop pourquoi on fait les choses. On se pense smart, *on pense qu'on est lucide et conscient. Puis on s'aperçoit que notre cerveau traficote à notre insu, induit des comportements qu'on n'aurait pas vraiment envie d'avoir en plein jour.*

En appuyant sur Send *cet après-midi, je me suis dit: « Non, mais quelle tache je fais! » Peur de tout, de rien, peur d'avoir peur. Je ne suis pas comme ça! J'en mène large, pas peur de grand-chose, pas de filtre, pas d'hésitation. Il y a des jours où je crois avoir plus de testostérone que mes amis de gars et si ce n'était que j'ai plutôt l'allure d'une fille, j'hésiterais sur mon sexe.*

Alors qu'est-ce que je fais là à vous embêter avec mes peurs?

La réponse m'est venue avec la vôtre... Je crois que je vous testais. Sans tout à fait le vouloir, je vous ai balancé un magma d'insécurité, de peur et de fragilité. Pas que je n'ai pas ressenti tout cela, mais j'arrive normalement à me réguler et ne pas m'étaler autant.

Vous êtes resté le même, accueillant, généreux, fort. Inébranlé. On est loin de discuter cannelle, celle que vous exécrez publiquement sur votre fiche... Hum. Rien à faire. La peur, la pudeur, le bonheur. Tout s'entremêle et j'efface encore des phrases...

On se voit?

d

Que je vous aime. Fourbu, j'allais me coucher en espérant vous lire. Et heureuse surprise, j'ai lu vos mots d'ouverture et de tendresse.

Bien sûr que j'aimerais vous rencontrer. Mais, je pars demain pour le week-end. Je reviens dimanche soir. Je me rends disponible pour vous toute la semaine, le jour et l'heure que vous aimerez. Je sens que nous aurons beaucoup à nous raconter. L'idée d'être des heures avec vous me fait voler partout. Vous me rendez heureux. J'ai hâte de voir vos mains. Je les présume gracieuses et douces comme votre cœur.

Bonne nuit, belle apparition.

G xx

G,

Zut. Ma fille a un père qu'elle voit ce we, je serai sans elle et disponible.

Zut aussi pour mes mains. Je suis utile, vous dis-je. Je bricole comme un castor et mes mains en paient le prix…

d

Je me fous que vos mains soient meurtries. Je les soignerai et en prendrai soin. Je vous écris demain et je me meurs que nos regards se croisent et se reconnaissent. Je sens que la terre vient de trembler. En serions-nous responsables ?

Je vous adore. Bonne nuit ! Je vous amène dans mes rêves.

G

P.-S. Quand aurai-je le droit de connaître votre prénom ?

Doucement, vous allez prendre feu. Et ce n'est pas une question de prénom. J'ai aussi tendance à l'inflammabilité mais plus encore, j'ai une nature « d'équilibre ». Quand tout le monde panique, mes gestes se ralentissent, je soupçonne même mon cœur de diminuer ses pulsations. Par contre, quand l'ordre est établi, je contribue allègrement au chaos.

Vous imaginez bien que vos mots sans retenue me poussent vers la modération. J'espère que je ne vous ennuie pas. N'ayez crainte, j'ai d'autres vitesses.

C'est une belle journée, il fait beau et vous me rendez de bonne humeur. Ne serait-ce que pour l'extra de beau, je vous remercie.

d

Bonjour D,

D'évidence, je suis ardent. Mais, ne sautez pas par la fenêtre ! Je suis un cerf-volant qui sait que, pour voler, il doit en tout temps rester rattaché à la terre et gravir le vent. Il y a tant de temps que mon cœur s'est laissé aller aux emportements. Je le sens vivant et vous en êtes la cause.

Une vitalité affective ne rend pas nécessairement intempestif. Au surplus, l'enthousiasme n'est pas un défaut et n'exclut en rien la mesure, la conscience, la bienséance et la délicatesse. Voilà encore tout et son contraire !

Je n'irai pas plus vite que la musique que j'aimerais bien que nous composions ensemble au fil des jours et selon ce que nous inspireront nos petites voix intérieures. Si elles nous dictent l'emportement, nous nous emporterons. Si elles nous conseillent la retenue et la réserve, nous nous retiendrons et nous nous réserverons peut-être pour des lendemains dont nous ignorons la teneur. Mais, pourvu qu'ils chantent et entraînent à la danse ! À tout le moins, c'est mon vif souhait.

Il est bon de penser à vous, sans compter que cela donne des ailes. Oups ! Je crois que je m'emporte encore… Vraiment incorrigible !

Heureuse journée !

G

G,

Oui, vous êtes vraiment incorrigible… Soyons plus légers, vous voulez ? Badinons…

Vous aimez la mer ? Les champignons ? Les chiens, les animaux ? Vous aimez le soleil sur votre peau ? L'odeur du sapin à Noël ? Paris, le sport, les travaux manuels ? Les feux de foyer ? Dormir dehors, les lucioles ?

Rerebonjour belle D,

Vous trouvez que je beurre épais ? J'assume et je m'en réjouis. Et si votre plumage se rapporte à votre ramage, vous n'êtes pas sortie du bois.

L'eau est force devant faiblesse. Elle est celle dans laquelle on voudrait parfois plonger et dériver. Elle est celle qui abreuve. Elle est celle qui éteint l'incendie intérieur. Elle est celle qui pleure la souffrance qu'on ne peut essorer.

J'adore les champignons. J'en mangerais tous les jours. J'adore les chiens. Je crois que ceux qui n'aiment pas les animaux n'aiment ni la vie ni l'humanité. Je me méfie de ces gens.

La chaleur du soleil sur l'épiderme d'une princesse craquante est le comble de la volupté. Irrésistible !

Que serait Noël sans l'odeur du sapin ? Qu'une nuit aseptisée, dépouillée des odeurs de l'enfance et coupée de la nature.

Paris ? J'y vivrais. Les feux de foyer me procurent un immense réconfort et dormir dehors me donne à ressentir que je suis intégré à l'Univers.

Malheureusement, les travaux manuels m'ennuient. Mais, j'aime jardiner et cuisiner.

Tendres pensées.

G

P.-S. Si vos costumes sont à l'égal de vos mots, ils doivent être éblouissants et renversants.

Si ce n'était des travaux manuels, je dirais que vous faites exprès de dire comme moi. Et encore, les travaux manuels, je ne suis plus tellement sûre de les aimer.

J'aimerais bien vous voir. Je n'ose pas dire, je n'ose pas avancer. Nous avons clairement une attirance l'un pour l'autre mais je suis une grande personne et je sais bien que la théorie ne compte pas beaucoup. Il n'y a que l'empirie pour soulever les grains de peau et faire battre les cœurs.

Votre grand-mère avait raison, je n'ai plus peur. Il est trop tard, j'aurais du chagrin si l'un ne ressentait rien devant l'autre.

Bonjour belle princesse qui respire dans mes rêves,

Juré ! Je ne vous copie pas. Et à propos de l'attirance, pour ma part j'évoquerais plutôt l'envoûtement.

Prenez place dans mes yeux pour voir le paysage allongé à mon regard. Dire que ces hautes montagnes, vous et moi avons été capables d'en transporter des semblables plus souvent qu'autrement…

J'ose déposer deux soyeux bisous sur vos joues tout à coup rouge soleil couchant.

G.

Vraiment, vous êtes fougueux… Je n'ose pas vous le reprocher, ce n'est pas un défaut, si vous êtes sincère.

Je suis plutôt en forme et, bien sûr, d'humeur joyeuse, grâce à vous. J'essayais de vous imaginer ce matin en chair et en os. Aucune idée. Ce que vous projetez, l'air que vous avez, vos vêtements, comment vous bougez. Aucune idée. Je me suis dit que vous ne deviez pas y arriver non plus.

Je suis tellement binaire et ce n'est pas une qualité. Je ne veux pas m'engager dans un chemin que je ne pourrai pas suivre. Je ne veux surtout pas vous blesser. J'aimerais, au contraire, prendre soin de vous, comme il me plaît de penser que surtout ici, nous devons bien nous traiter.

Il y a eu un changement de plan. Ma fille ne rentre pas demain soir. Si vous n'arrivez pas trop tard et que vous n'êtes pas fatigué, vous voulez bien me voir ? Notez que je suis un peu ambivalente. Je ne sais pas s'il faut abréger cette forme de torture ou la prolonger.

Chère D,

À quel rythme doit-on marcher l'un vers l'autre ? Je vis la même ambivalence que vous.

Je vous avoue que l'épreuve du réel m'angoisse. Mais, je sais que tôt ou tard il faudra l'affronter. Laisser la rencontre dans le virtuel et l'imaginaire pourrait peut-être nous priver de l'irremplaçable et nous condamner à des regrets difficiles à effacer de la mémoire. Si nous considérions banale cette rencontre, nous ne nous en soucierions pas autant ou pas du tout.

Ajustons le vol et la navigation ! Je suis à l'écoute de votre cadence, de vos interrogations, de votre émotion et de vos hésitations.

G

Bien sûr que vous vivez la même ambivalence. Je suis prête à parier que vous êtes soumis aux mêmes marées que moi. Aux mêmes déferlements d'endorphine, à vous convaincre que si rien n'a changé, rien non plus n'est pareil.

Vous me semblez troublé. J'ai envie d'être rassurante. J'ai perdu tellement de temps dans une demi-existence, me disant que j'avais tout pour qu'il en soit autrement. Et si ? Nous avons amorcé une histoire plaisante… et plutôt rare. Ne la « demi-vivons » pas par peur et voyons plutôt sur quelle distance elle peut nous mener. Nous sommes tous les deux bien assez sensibles pour nous traiter avec délicatesse.

Bonjour D,

Je te vois partout. Un vrai fou.

Je crois qu'un bon esprit nous a jeté un heureux sort. Qu'il soit court dans le temps ou éternel, il n'en demeurera jamais moins qu'exceptionnel.

Pourquoi je ne cesse de penser à toi ?… Je t'adore… Nous avons la vie à vivre ensemble au moins un bout heureux.

Vous abusez des gros mots... Je crois que vous perdez pied, G.

Hum. C'est difficile, cette attente. En plus, attendre quoi, la fin d'un mirage hormonal ou le début d'une belle histoire ? Faisons en sorte que toute cette tempête s'ancre dans ce que nous sommes, véritablement.

Je perds pied en rêvant à vous. Pourquoi pas ? Que craignez-vous ? Que je vous aime réellement ! Qu'avez-vous à perdre ? Je me sens triste. Je croyais que nous respirions de plus en plus au même rythme. Je suis triste. Vraiment triste.

Je vous effraie ? Que je rêve la vie avant de la vivre vous apeure ? J'aime m'emballer. C'est une façon de vivre comme une autre. Certes, elle comporte ses risques d'écrasement, j'en conviens. Néanmoins, si je vous ai heurtée ou inquiétée, je vous prie sincèrement de m'en excuser.

Mais, pour l'instant, je ne perds pas pied. Vous m'inspirez à voler. Je reviens quand même rapidement me percher. J'aimerais tant que vous acceptiez ces petits tours de ciel inoffensifs, sans gravité et que vous étendiez vos bras sur mes ailes. Vous verrez que là-haut la vue est superbe.

Vous m'entrouvrez ce ciel où depuis longtemps je suis allé. Ainsi, par souci de transparence, je dois vous faire une autre confidence. Je dois vous avouer que depuis plus de cinq ans, je n'ai ressenti aucune envie de me rapprocher sentimentalement d'une femme. La violence et la maladie de mon ancienne conjointe avaient littéralement désérotisé la Femme. Imaginez vivre englué pendant une éternité à quelqu'un qui vous frappe et qui se désintègre debout ! Tout converge pour anéantir toute ardeur sensuelle et pulvériser tout désir amoureux. Ajoutez à la pénible expérience le décès de mon père qui m'a fait déterrer mon passé d'enfant abusé, le revivre et voyager dans des contrées que je croyais à tout jamais oubliées. Mon corps et mon cœur avaient pris la fuite. Par bonheur, le temps, un travail intérieur et des amitiés précieuses les ont ramenés à moi.

Certes, j'ai rencontré des femmes. Sans nulle prétention, j'aurais pu me laisser aller à des aventures et même à de probables relations amoureuses. Mais, mon cœur n'a pas battu. Je n'ai plus vingt ans et ce qui avive et m'embrase n'est plus la grosseur des seins ou des fesses, la couleur ou la longueur des cheveux mais plutôt la proximité affective. À regret, cette proximité n'a pas été au rendez-vous. Et j'aimerais vous écrire que je la souhaite de tout cœur et que je commence à la sentir à la portée du réel.

Si mes envolées juvéniles et naïves dans les nuages en minent la possibilité, je m'en abstiendrai dorénavant.

Bonne journée, D !

G

Je suis touchée. Merci de l'ouverture.

Je n'ai pas peur d'aimer, de l'être ou de voler avec vous. J'ai peur que rien ne soit vrai, c'est tout. Je n'ai pas de repères. Je ne sais pas qui vous êtes, je ne sais pas si vous défiez les conventions ou si vous êtes fou.

J'ai perdu le goût de souffrir, le goût du drame. Ça n'exclut pas l'intensité, la noirceur, même la folie que nous pouvons avoir mais je veux être heureuse, sans chimères.

Je veux que vous soyez léger, je veux jouer. Je veux surtout respirer.

Malgré les apparences je suis concret et je ne suis pas un fou… Je n'ai pas de bon sens mais je te confie que pour bien dormir je t'imagine depuis le premier jour.

Vous avez raison. Je serai léger. D'ailleurs, c'est essentiel pour voler. Bonne nuit !

xx

G

D,

Je te parlerais et t'entendrais toute la nuit couché et collé à toi dans la chaleur de nos corps. J'aime tellement penser à toi. Je te sens tout près. Dire que j'ai toujours aimé dormir seul. Me semble que des nuits et des nuits seraient nécessaires pour commencer à tout nous raconter. Et encore. Il n'y a que les nuits pour confier les choses essentielles. Tu es dans ma nuit qui commence et j'en suis heureux.

xxx

Hum, curieux. Vous avez une écriture de jour et une écriture de nuit. De jour, vos mots sont retenus, maîtrisés, le soir, votre écriture est débridée, émotive. La différence est telle que si j'étais méfiante, je soupçonnerais une influence.

Dois-je répéter que sans repères je ne suis pas encline à voler ? Vous me faites toujours peur, et pour l'instant, plus vous sortez de votre coquille, plus j'entre dans la mienne. En fait, non pas tout à fait, plus vous vous approchez de mes frontières, plus je rentre au pays.

Alors j'hésite. Est-ce que je propose une troisième fois de vous voir alors que les manières les plus élémentaires suggèrent que j'attende le retour de balle qui ne vient pas ? Ou on s'écrit jusqu'à ce que l'issue de la rencontre n'ait plus d'importance ?

Bonjour D,

Nous ne sommes pas dans les codes habituels de la rencontre courtoise…

Oui ! le soir, la nuit, je deviens davantage émotif, plus malhabile à tenir la bride à ce qui fait battre mon cœur à l'endroit ou à l'envers.

À propos des substances auxquelles vous faites délicatement allusion, je n'en consomme aucune. J'ai déjà fumé du *pot* une fois et j'ai été quitte pour un très mauvais voyage qui m'a semblé une éternité. Plus jamais !

Il est difficile de lire que plus je m'approche de ta frontière, plus tu rentres au pays. Je comprends. Je peux être déroutant en vivant parfois le cœur à l'air, gonflé de vives émotions.

J'admets que je crains l'épreuve du réel. Comme toi, je redoute que le réel anémie nos sentiments naissants et pulvérise la magie et l'envoûtement qui prennent leurs aises et qui s'installent.

Avant de décider du jour et de la façon de cette rencontre, je vous propose une pause épistolaire de quelques jours. Le temps d'un apaisement, d'un ennui l'un de l'autre ou d'une reprise des esprits. Et j'ai besoin non moins de ce temps pour affronter mon effarement devant le tangible, le véritable de chair et d'os, le regard, les gestes, les effleurements.

Je t'ai déjà écrit que le rêveur que je suis doit rêver le réel avant d'y plonger. Il n'en apprend pas moins comment y nager.

À moins que tu ne préfères que pendant ce temps, je poursuive à t'écrire. Ne m'as-tu pas déjà demandé de ne jamais cesser de t'écrire ?

Je ne me défile pas. Je me prépare.

G

P.-S. Il me semble qu'il n'est pas débridé d'écrire à une femme aimer imaginer vivre des nuits à l'entendre et à lui parler…

Pause ? Comme vous voulez. Je ne crois pas qu'on fasse exactement ce qui est attendu et dans le bon ordre. Nous pouvons écrire l'histoire à notre guise. Oui, j'aime vous lire, je ne me lasse pas. Mais je souhaite surtout respirer, que vous soyez vrai et que nous nous trouvions beaux.

Alors faites comme vous voulez, cette fois, je vous embrasse, pour la distance du temps.

d

Chère D d'amour,

Je suis ému. Je sens ton intensité, tes bras ouverts, ta bouche qui souffle comme une brise de chaleur sur la mienne et tout ce que tu es sans retenue. J'aurais envie de t'étreindre comme un fou.

Je tenterai de vous écrire ce soir. J'aime que tu m'embrasses. Je sens enfin vos lèvres d'amour et généreuses, heureuses de recevoir, enthousiastes à donner, transcendantes à monter au ciel, surtout celui du septième.

Comment ferais-je pour marcher ? Je ne porte pas à terre. Il y a contradiction : je me pose en t'écrivant quand même.

G

xxx

P.-S. J'aimerais tellement que nous nous trouvions beau et belle et aimables sans condition.

Pour quelqu'un qui souhaitait une pause épistolaire, vous vous contredisez…

J'ai marché avec le chien dans la ruelle hier soir. La première neige, tombée de la journée, était immaculée, brillante comme de vrais diamants. J'ai beau détester le froid qui s'installe, c'était magnifique. J'ai pensé à l'expression « trop beau pour être vrai » que je n'ai jamais aimée. Comme si l'expression sous-entendait que ceux qui admirent ce beau ne méritent pas tout à fait de l'avoir.

Vous êtes trop beau pour être vrai. Vous ne pouvez pas m'aimer, vous ne me connaissez pas. Aussi, parce qu'une grande part d'aimer consiste à recevoir. Et je ne peux pas vous aimer, je ne vous connais pas. Certes, nous pouvons représenter une belle promesse, l'un pour l'autre. Mais vos déclarations enflammées, vos emportements d'amoureux transi ne sont pas plus réels qu'il y avait des diamants sur la neige hier soir.

Vous aimez l'idée d'aimer, je ne suis qu'un prétexte et ma plume vous nourrit d'endorphines. Vous n'avez pas besoin de me rencontrer, vous risqueriez de tout perdre alors que cet état vous suffit.

Pardonnez-moi. Peut-être que je ne me trompe pas, et je suis brutale de le mettre en lumière. Peut-être que je me trompe, et je suis tout aussi brutale de douter.
d

Pouf. Disparu, le G. J'ai attendu une semaine, incrédule. De là, plus rien n'était vrai, que son talent d'écriture. Un homme, une vieille femme, une adolescente, un jeune gay, un extra-terrestre, M (???), un avatar en manque d'émotions, un malade qui écrit à répétition ? Voyons donc !!!

Abasourdie, prise deux

M, JAI TELLLEMENT DE PEINE JERESPIRE PUS JAI UNEBOULE EN MOI QUE JE NE PEUX PAS CONTENIR ELLE EST PLUS GROSSE QUE MOI ELLE MENGLOUTIE JE SUIS LAIDE PERSONNE NE VEUT DE MOI JE SERAI JAMAIS CELLE QUON SAUV EN PREMIER DANS UN INCENDIE LA PREFEREE DE QUELQUN JE ME NOIE DE TOUTES LES LARMESQUE JE NE PLEURE PAS JAI TOUJOURS EUPEUR TOUJOUR EU MAL DANS MONVENTRE JE SUIS LAIDE PAS AIMABLE JE SUIS TROP VIEILLE LE REJET TUE MA LUCICIDIT. JE NE VOIS RUEN QUE MA PEINE QUI VA MAIMER MENDIANTE DAMOUR GUEUSE DE CŒUR TOUT LE MONDE A QUELQUN A PREFERRER PEUTETRE MA FILLE ME CHOISIRAI PEUT ELLE QUELLE CHOISIRAIT SON PÈRE ON EST PERSONNE QUAND LES EQUIPES SE FORMENT ET QUON EST DANS AUCUNNE ON EST RIEN QUAND PERSONNE NOUS AIME

Dans les têtes, ça n'arrête jamais. Parfois, c'est organisé en belles phrases pudiques, parfois, c'est chaotique, ça ne se tait pas et ça fait peur.

Je sais bien que tu ne me répondras jamais.

C'ÉTAIT QUOI, ÇA?

Ça ne le tentait pas de juste être aimable? Quelque chose de simple ou d'inventé comme: «Excuse-moi, ma belle, finalement, j'attends une bombe sud-africaine née en 1982 ou une avocate à grandes jambes.» Ou encore: «C'est triste, j'ai été amputé sous les bras, ça ne se voit pas sur la photo, mais je suis incapable d'entrer en relation.»

C'était déjà assez pénible, cet interminable magasinage dans ce gros entrepôt pêle-mêle où les imbéciles côtoient les dysfonctionnels, pourrait-on rester minimalement obligeants?

Je me disais que j'avais eu un accident, que je n'avais pas à remettre en question ma conduite ni ma sorte de char, j'avais été happée par un chauffard. J'étais sur la route au mauvais moment, sur le chemin de quelqu'un qui se conduisait mal. Je me répétais que je n'y étais pour rien… honteuse d'avoir été si naïve. Honteuse de rien, ce n'était pas moi le pirate.

Vite, retourner sur RR, ne pas avoir peur de continuer. Seulement un chauffard, seulement un *serial writer.*

Sans réfléchir, je remis dans le moteur de recherche les paramètres qui m'avaient conduite à G. Pas parce que je le cherchais, par goût seulement. Je trouvai une fiche étrange aux caractéristiques physiques identiques à celles de G. En lieu et place du texte traditionnel de « résumé » et « intérêts », G, vraisemblablement le même, avait écrit ceci :

Ai-je aimé ? Qu'est-ce que l'amour ? Entre la maladie et l'abus, j'ai trouvé une femme, ma femme, pour entremêler mes souhaits, mes goûts, mes mains, mes jambes aux siennes, pour dire : amour, vivons dans la tendresse et le bonheur de marcher ensemble sur le même chemin.

J'ai meurtri, j'ai dérapé. Qu'est-ce que j'ai fait ?

Je voudrais t'écrire, encore, pour purifier mes pensées, pour que le voile se lève et faire place à la dernière lumière…

G

Euh ! Retourner sur Réseau Rencontres ? Appâter d'autres filles ? Ces mots qui n'étaient pas des mots de séduction ne pouvaient que s'adresser à moi… Des excuses, des regrets ? Pourquoi ? Qu'est-ce qu'il faisait là, à penser tout haut en utilisant notre histoire ? Ma peine ?

Quel était le nom de cette faiblesse, de cette pathologie de petite âme qui rendait l'introspection si difficile qu'il ne pouvait la faire seul, en privé ?

Je me suis créé une autre fiche, truffée de mensonges. Cette fois, quelqu'un allait payer. Je me suis attribué tout ce qui aurait pu être séduisant aux yeux de G. Je voulais le faire souffrir, me venger de lui, de M.

J'ai composé un message chaleureux, enveloppant, compréhensif. Qui répondait tendrement à ses interrogations et à son besoin vraisemblable d'être consolé. Je « pardonnais » généreusement, sous le couvert fourbe d'une autre identité.

Je n'ai jamais envoyé le message, j'ai refermé la fiche et mon compte.

Je ne suis pas comme ça. Je ne nourris pas les monstres, peu importe à qui ils appartiennent. Je ne me salis pas parce qu'il y a de la bouette. Si tous les agressés desserraient les poings quand ils se font frapper, on vivrait sur une meilleure planète.

NEXT.

M,

Il y a plusieurs années, j'ai vingt ans et je ne sais pas tout à fait vivre. Je suis dans un autobus, au retour du travail, et je n'en reviens pas de la médiocrité de ma vie. Un petit coup sur l'épaule. Un jeune homme tout sourire cherche mes yeux. Je retire les écouteurs de mon Walkman jaune de 4 kilos, soulève mes verres fumés.

« J'aimerais te parler, trois secondes.

— Trois secondes, c'est déjà trop. »

Je remets mon armure, quitte l'autobus arrivé à ma destination. Encore aujourd'hui, je me dis que je ne lui devais rien et que je pouvais bien lui faire de la peine puisque moi, je n'étais pas bien. Pourtant.

Plusieurs mois plus tard, au centre-ville. J'ai encore mes verres fumés et mon Walkman. Je sens quelqu'un foncer sur moi. Un coup très assumé sur l'épaule.

« Encore toi, c'est une obsession ?

— Je voulais te dire que tu n'avais aucune raison de me répondre comme tu l'as fait. J'avais planifié de te parler depuis des jours. Tu t'es rendu compte combien il a été difficile pour moi de le faire ? J'ai eu besoin de beaucoup de courage et tu m'as tué vraiment pour rien. »

Encore aujourd'hui, je me dis que tous ses émois n'étaient pas mon problème. Pourtant. La peine que j'avais créée l'était. Même dans une petite mesure, ce que je laisse de traces chez les autres me concerne. Fiouze… je n'avais que vingt ans !

Au-dessus de cinquante ans, comme toi, quand on ne manque ni de mots ni de gentillesse, certainement pas d'intelligence ou de sensibilité, comment peut-on ignorer la peine qu'on engendre ? Comment peut-on si mal agir ? Ça se justifie, si on a mal ? On peut le faire pour se protéger, se soigner ?

Je ne le crois pas… et ce que je ne crois surtout pas, c'est que tu n'as pas été le seul à mal agir, de façon presque identique. Peu importe qu'on soit anonyme ou exposé au grand jour, on se doit d'être une bonne personne. On se doit de se coucher le soir en se douchant et en se lavant les dents. On SE doit d'être propre.

Tu vois, j'ai toujours pensé que j'étais une fille, disons, perturbée. Une fuckée, *qui ne vit pas bien, en déséquilibre… Sais-tu quoi ? Je suis saine ! J'essaie vraiment de ne pas faire de mal, et si souvent j'ai de la peine, ça ne me console pas d'en faire aux autres.*

Fait chier.

d

M,

Je ne mérite pas d'être seule. J'estime ta part de responsabilité à un très faible pourcentage, mais j'y pense à 100 % à cause de toi. Je vais donc t'en parler. Qui sait, peut-être même un peu t'en accuser, toi ou tous les autres hommes au courage renversant.

Ceux qui gagnent des salaires de misère doivent aussi se dire qu'ils ne le méritent pas, mais ils y peuvent quelque chose. Peut-être travailler plus fort, retourner à l'école. Peut-être que ça ne marchera pas mais ils peuvent toujours essayer. Les gros aussi peuvent penser que c'est injuste d'avoir un corps semblable, mais ils y peuvent peut-être quelque chose. Manger mieux, se bouger plus, faire un pontage gastrique. Peut-être que ça ne marchera pas non plus, mais ils peuvent toujours essayer. Les grands malades, les handicapés ne peuvent rien changer à leur condition, sauf... accepter. Impuissance, quel mot laid. La vie te tord un bras dans le dos, tu ne peux que mettre un genou à terre et dire : « Pardon, je ne recommencerai plus ! »

Je déteste l'impuissance.

Peut-être que j'aurais pu faire quelque chose ***avant*** *mon célibat. Peut-être que j'ai été malchanceuse, ou stupide. Peut-être que j'ai été entêtée, intransigeante. Peut-être qu'au moment où tout le monde se liait, je voulais autre chose, je voulais plus.*

Tu connais Everything *de Barbra Streisand ? J'adore la ligne où elle dit :* « I don't want much, I just want more... » *Ouaip. Peut-être que j'ai rechigné sur mon assiette. À trop retourner son plat en cuisine, on finit par manger du crachat.*

Parfois je me dis que je fais bien, qu'un jour, à force de m'être toujours tenue debout, je trouverai la chaise parfaite pour me reposer, que le répit sera bon et mérité. Quand j'ai commencé à te lire, je croyais avoir trouvé. À écrire comme tu le fais, j'ai cru que tu étais un être spectaculaire. D'une certaine façon, on peut dire. J'ai pensé que tu étais brillant, sensible, que tu avais eu ta part de mauvaises conjonctures et que toi aussi tu aspirais à la chaise parfaite. Que des gens, parfois, échappent à tout. Qu'ils se faufilent dans la vie sans jamais trouver le bon job, les bons compagnons, la bonne maison ou le bon timing. Peut-être, non plus, que tu n'étais pas celui que je pensais. J'ai imaginé plus que j'ai vérifié.

Peut-être que tu étais parfait et c'est moi qui ne le suis pas. Peut-être, peut-être.

Tu sais quoi ? À la fin, quand on a fait la somme des peut-être, il n'y a pas soupçon de certitude, pas de coupable. Le total se calcule en hasard ici ou là, avec un dernier « peut-être » en retenue. On reste à trottiner derrière l'autobus sans ticket, sans droit de monter. Avec le temps, on s'essouffle.

Avec le temps, on se néglige un peu, on se dit : à quoi bon faire l'effort de perdre du poids ou de teindre ma racine de cheveux, personne ne me regarde. Pourquoi s'épiler ? Ça va tenir au chaud cet hiver… On se délaisse un peu, on perd des miettes d'orgueil, puis des fournées de fierté.

Et un beau jour de printemps, devant une vitrine saisonnière de magasin, on se laisse tomber amoureuse d'une robe ou d'une paire de chaussures. On se ressaisit.

On se dit : ben non, comme dans les magazines, je vais le faire pour moi. On reprend un peu espoir, on se donne un coup de pied, on s'entraîne, on mange bien, on va au musée. On se convainc qu'on est bien toute seule, qu'on ne veut pas risquer de perdre sa liberté. C'est bien connu, les femmes mariées se font enlever leur automobile et ne quittent plus la maison. On va même au resto toute seule. C'est bien connu, deux pour apprécier le souper, ça ne donne rien de plus. Et puis, de la marde, on va même en voyage toute seule. C'est bien connu, ça ne sert à rien de chercher son chemin dans une ville étrangère avec quelqu'un d'aussi perdu. On va faire des monologues ailleurs, ça change. Ou on va parler de sujets superficiels à des gens qu'on ne connaît pas, avec un mojito ou à côté de la tour Eiffel. Ça change.

On fait tout ça, on le refait. On déprime, on consomme, on se relève. On vit sur des slogans comme «live love laugh» *ou* «pray love and eat». *On se dit qu'on est vivante, un café Starbucks à la fois, que la grégarité est un concept qui remonte à la préhistoire. On le fait, on le refait. On se dit qu'on est vivante.*

Et puis très lentement, on se demande pourquoi on existe en marge des autres animaux, seule dans son terrier, sans toucher une autre âme. On se demande pourquoi on continuerait, pour qui. Et cette petite différence initiale, pas méritée, ce doigt pointé vers vous pour trier les esseulés des amants, s'aggrave et agglutine les désarrois comme la neige en hiver et vous vous retrouvez avec une grosse boule sans bonhomme.

Manquer d'amour, ça rend fou, une journée à la fois. Ça fait que des femmes achètent des maisons à des Cubains ou que des hommes épousent des Russes trente ans plus jeunes.

Je suis rebelle, je veux bien me battre encore un peu.

J'aimerais déposer une plainte au bureau des hasards et coups de chance, ministère du destin. Je veux être remboursée en temps pour celui que j'ai perdu à être seule. Je ne le méritais pas. D'ailleurs, les autres célibataires non plus, on pourrait faire un recours collectif. Je n'aurai jamais de grande famille, je n'aurai jamais un amoureux que j'aurai vu jeune, et à supposer que j'en aie un, un jour, il ne m'aura jamais vue en pleine floraison non plus. Je n'aurai jamais le plaisir de dire oui, ça fait trente ans qu'on est ensemble, ou si je le dis, un des deux aura des pertes urinaires. Ça perd du charme. Je continuerai d'user, plus qu'un usage normal de vie, en portant tout sur mes seules épaules et je ne parle pas de sac d'épicerie. J'aurai encore 125 livres de peine, au moins mon poids, pour tout le temps que dureront les procédures avant de rectifier le hasard en m'envoyant (enfin) un compagnon de vie.

Peut-être qu'après je pourrai faire des voyages en famille, vivre et partager la vie à deux, compter pour quelqu'un et dire des mots comme : « Mon amour, qu'est-ce que je peux faire pour toi ? »

M,

Je t'ai déjà dit que c'est injuste de vieillir en fille ? En fait pour être plus exacte, je devrais dire : « Vivre en fille est injuste… mais vieillir l'est davantage. » Je ne te parle pas de salaires inégaux, de traitement inéquitable entre frères et sœurs. Je ne te parle pas de garage où le mécanicien commence toutes ses phrases par « ma petite madame » et te fait payer des morceaux qui n'existent même pas dans ton char, je ne te parle pas des danseurs nus qui perpétuent le rapport de force à leur avantage tout en sachant très bien que l'argent est dans TA sacoche. Non, je ne te parle pas du petit sexisme ordinaire qui fait qu'au figuré la femme est toujours vaguement en retrait de l'homme, et au propre, carrément derrière, comme l'affichent les musulmans sans se cacher.

Non, je veux te parler de ces routes qui s'écartent avec l'âge, comment la femme devient de plus en plus captive de son image et multiplie les interventions pour minimiser l'avancement du temps. Les rides, les cheveux gris, le teint, les grains de peau, la cellulite, le gras mou, le cou de dinde, la corne de pied, la silhouette, les paupières lourdes, les taches sur les mains et au visage, tout est sujet à correction.

Ça fait mal, ça prend du temps, ça coûte cher et c'est encore plus souffrant quand on ne fait rien.

Pendant ce temps, que fait l'homme avec sa bedaine, sa calvitie, ses pattes d'oie ? Il les assume et fréquente la jeune fille. Juste avec ça, tu peux comprendre mon point… mais encore, parler d'injustice de cette façon est aussi superficiel qu'une injection de remplissage.

La grosse injustice d'être une fille qui vieillit, c'est qu'on a une date de péremption. À plus ou moins cinquante ans, les femmes ne peuvent plus se reproduire, basta, fini, un pas vers la fin, un pas vers la mort. Dans une mouvance préhistorique, on ne sert plus à rien. On a beau s'épiler intégralement pour faire la prépubère, se repasser le front et vendre nos expressions contre un peu de Botox, prendre des hormones et lutter contre le thermostat qui défaille ou le tour de taille qui épaissit, au plus profond de nos entrailles, on reste des vieilles femmes.

On dirait que depuis que les règles sociales sont moins rigides, la liberté se régit à l'instinct. Les mâles se sont mis à rechercher ouvertement l'animal encore utile qui peut se reproduire, et la jeune femelle, à séduire l'animal alpha, le chef de meute, celui qui généralement souffre de calvitie et d'embonpoint bancaire. Évidemment, nous ne sommes pas tous soumis à nos instincts de mammifères en extinction. Mais faut convenir que le phénomène prend de l'ampleur. De plus en plus, les vieux hommes vont la bizoune au vent, fourri-fourrant, cueillir la jeune fille et acheter des printemps.

Nous, les vieilles femmes, pathétiquement, on fait encore la parade nuptiale. Les faces masquées de Juvéderm, dans nos corps liposucés, entraînés et épilés, on interpelle toujours le mâle… «Moi! Moi! Fourre-moi, fourre-moi!»

M,

Bon, j'ai pensé à une autre affaire. J'ai fait une liste de ce qu'on s'impose versus ce que vous vous imposez.

On se maquille, on s'épile les jambes, le bikini, les aisselles, les sourcils, la moustache, on se fait des manucures, des pédicures, on endure des traitements pour la cellulite, les varices, les rides, on se fait remplir les seins, vider les cuisses, blanchir les dents, on se fait teindre les cheveux, on les fait friser, défriser, coiffer. Je sais que les garçons se joignent au mouvement et tendent vers la rénovation perpétuelle. Ça a commencé avec les gays, ça s'est étendu aux métrosexuels, si je peux me permettre un conseil d'initiée, ne cédez plus de terrain… mais bon, ce n'est pas mon propos.

On doit travailler beaucoup, beaucoup sur notre présentation. De très jeunes jusqu'à la fin, nous devons nous soumettre à votre regard et à un plus impitoyable, le nôtre. Mais vous avez un pénis qui ramollit avec le temps. Rien à faire, vous ne mourrez pas tous bandés.

:o))

L'HIVER ARRIVAIT

Il s'annonçait froid. L'hiver, euh... pas tant une période idéale pour être amoureux. Les bancs de neige, la *slush*, la morve au nez, les cheveux électriques sous des tuques laides. On ne se dit pas: «Me semble que je serais bien avec un verre de vin chaud et une main de garçon.»

Mais on se dit: «Noël s'en vient, sale période pour être seule.»

J'ai remis 20 dollars, bricolé une petite fiche de saison, qui me semblait froide et sans couleur. Je m'attendais aussi à des prises de saison, froides et sans couleur. J'avais perdu l'intérêt, le goût ludique d'écrire et peut-être un peu la foi.

Pour m'alléger, je décidai de retrouver Gros pas poli. Ça me faisait plaisir de penser à sa tête, lorsqu'il lisait des messages ayant une suite mais provenant de différentes identités. J'avoue tout de même que c'était un bien petit agrément comparé aux revers subis et anticipés.

Cher Gros pas poli,

Toujours à errer dans les limbes virtuels ? On ne

vous a pas dit que si les maisons ne se vendent pas, mieux vaut retirer la pancarte ? C'est vrai que vous n'êtes pas très assidu sur le retour d'appel, ça n'aide pas votre dossier. Enfin, s'il vous plaisait, pour une fois, de simplement être courtois, j'apprécierais que vous me répondiez. Vous croyez que c'est un avantage ou c'est ennuyant comme un jour de pluie que je puisse écrire presque la même fiche que la vôtre, en féminisant quelques adjectifs ?

Hé ! Hé !

Je me sentais comme à douze ans, quand on appelait pour faire livrer des pizzas aux voisins. Bon, ce n'était pas siiiii drôle que ça. Cependant, retourner sur Réseau Rencontres avait des airs de chemin de croix dans un champ de mines. Un peu de connu, aussi saugrenu qu'il puisse être, me faisait du bien.

Bonjour mademoiselle,
1,80 m, 85 kg, cheveux gris, yeux bleus.
Travailleur autonome.
F

Je ne voudrais pas faire compliquée, mais je crois bien, F, que vous manquez de détails.

Si vous ne voulez pas de relations épistolaires trop longues, soyez généreux !

d

514 123-4567
Simple, non ?
F

Oui, un peu simple. Quelle méthode ! Vous en rajoutez en n'ajoutant rien. Vous voulez que j'achète les alliances ce soir ou vous pouvez attendre à demain ?

Vous souvenez-vous du temps où l'on rencontrait nos promis(es) à l'école, au bar, au travail ? Il y avait toujours un temps pour s'observer, s'anticiper, voire se désirer. Peut-être que c'est ce que je voulais dire par « valeurs anciennes » dans ma fiche descriptive.

J'ai bien lu votre fiche. Les choses que vous semblez souhaiter prennent du temps à s'établir, surtout à nos âges, quand on voyage un peu moins léger avec des chaussures un peu plus usées. Puis-je vous suggérer de prendre un peu votre temps ? Avec moi ou toutes les autres dont vous vous plaignez car elles ne se donnent pas la peine de répondre ?

Je ne suis pas si impatient d'être en relation ! Je suis simplement ouvert à faire connaissance, ni plus, ni moins. Désolé de vous avoir choquée, ce n'était pas le but.

Vous ne m'avez pas choquée. Pas plu, simplement. Votre affliction révèle une personne sensible, à tout le moins responsable de ses actes. C'est à votre honneur.

Je vous souhaite bonne route.

Salut,

je suis bien dessolé les foates dans la lettre en francaise, je me présente moi ces Carl, je suis architecte a mon propre compte, Je suis un homme sympa honnête franc et respectueux, je suis célibataire depuis maintenant cinq ans et j'aimerais vraiment retrouvée l'amour de ma vie un amour vrais et sincère pour le restant de mes jours, et toi parle-moi un peu de toi, et que recherche tu sur le site.

Je viens une fois de plus de regardez ton profil et cela me plais beaucoup et j'aimerais vraiment faire plus ample connaissance avec toi si tu le désire bien-sur.

Je ne suis pas arrivée à mettre une photo de moi sur le cite car on me dit quelle est trop petite alors âpres votre réponse dans mon émail je vous répondrais avec quelque photo de moi.

Cordialement

C

Bonjour C,

Nous avons en commun d'être un peu artistes, un peu cartésiens, vous aurez la sensibilité de me comprendre et, j'espère, j'aurai le talent d'être claire.

Je crois que nous cherchons tous l'amour, à divers degrés. Certains sont ici comme à la pêche, ou à la chasse, et d'autres y viennent plus délicatement, avec moins d'attentes et plus de précautions. J'imagine qu'on vient ici comme on vit.

Le français est difficile pour vous, à l'écrit du moins, et les mots sont très importants pour moi. Si vous voulez poursuivre, je devrai vous accueillir avec patience, ce qui devient difficile pour moi... Pour nous écrire, il semble que nous devrons travailler très fort et je ne crois pas que c'était le but initial.

Je vous souhaite bonne route.

Merci pour ton gentille message. Je veu vraimen que vous m'ecrive, je te laisse mon mail. Jai deux enfants adulte et je vi avec mon chat.

Je suis que mon francaise est difficile, je voeu mamiliorer.

Au plaisir

Calvaire ! Pauvre petit loup… Je veux bien être polie, mais pas jusqu'au « don de soi ». J'ai d'autres causes.

Next.

Bonjour,

Votre fiche est intéressante, peu commune.

Vous voulez, vous aussi, être complice, vivre à deux, toucher comme si c'était la dernière fois, vous apaiser pour le dernier droit ?

P

Bonjour P,

Votre fiche est intéressante aussi, et oui, je veux bien les mêmes choses que vous, qui ne les voudrait pas ?

Votre descriptif est un peu laconique. Vous êtes très beau, cependant, l'absence de sourire et la pâleur de votre regard suggèrent une certaine tristesse… Peut-être, simplement, l'expression « beau ténébreux » a-t-elle été inventée pour vous ?

Nous semblons avoir une destination commune. Je vous ouvre ma porte, prêtez-moi votre plume, pour écrire un peu, mon ami P.

Wow, D !

Merci de votre réponse, super créative, intelligente, gentille. On ne voit pas ce qu'on approche sur RR. Quelques mots un peu mystérieux, parfois ordinaires et derrière, une personne, une vraie, incarnée, créative, intelligente, gentille.

Ténébreux ? Non, peut-être un peu sensible. Un vieux modèle d'homme, version nouveau genre. Pas rose, pas macho, un modèle 2015... né en 1960.

J'aimerais bien rencontrer une jolie amante intelligente. De mon âge, sans tatou, sans seins refaits, sans amélioration clinique. Une vraie femme vintage, simple, naturelle. Assumée. J'ai passé presque ma vie d'adulte entière en couple et je veux recommencer !

La nuit s'installe, s'annonce encore très froide. Permettez-moi de vous bien border, faites de beaux rêves !

P

Cher P,

Vous êtes touchant. Se faire border, j'en avais oublié la joie, merci.

Gentille, dans ce que le qualificatif a de gratuit et de désintéressé ? Je ne sais pas. Bien élevée sûrement, sensible, consciente, intègre, oui.

C'est effectivement curieux de penser que si nous nous étions vus dans la vie, peut-être que nous ne nous serions pas parlé. Curieux aussi de penser que les gens à qui nous aurions choisi de nous adresser ne nous auraient jamais écrit comme nous le faisons, un petit centimètre plus profond que l'enveloppe.

Vous devez être vraiment beau, P, seules les très belles personnes ne se formalisent pas de l'apparence des autres, elles n'envient ni ne souhaitent la beauté, elles l'ont déjà. Exactement comme les gens blessés ne s'embarrassent d'aucune peur, ils n'ont rien à craindre, ils ont déjà mal.

Nuit assez moche, en passoire. Il semble que ce soit ma nouvelle façon de dormir. Beaucoup de tracas en forme de rénos interminables et difficiles. Je ne veux pas vous ennuyer, tant de belles choses sont à découvrir.

Vous craignez la découverte ? Ces petits mots qui pourraient déplaire ici ou là, la perception d'une différence, d'une distance inconciliable ? Ou au contraire, vous réjouissez-vous de l'anticipation, rêvant que cette fois pourrait être la bonne, optimiste ou insouciant, prêt à empoigner le merveilleux qui ne peut que forcément survenir ?

Vous êtes charmante.

Il importe de rétablir votre relation avec Morphée et vous ne m'ennuierez certainement pas à partager vos tracas.

Je suis de la deuxième attitude, je me réjouis à l'idée de vous rencontrer.

Je suis géologue, je passe beaucoup de temps en dehors du pays, je m'envole bientôt. J'aimerais vous rencontrer avant mon prochain départ, je vous bouscule peut-être un peu ?

Non, vous ne me bousculez pas. Nous avons tous les deux le talent de poursuivre une relation épistolaire longue et plaisante. J'ai toujours pensé qu'on peut lire directement dans l'âme des gens en les lisant. Mais l'histoire aime s'écrire toute seule et m'a prouvé que je me trompais. Je me méfie des relations épistolaires, maintenant.

Oui, l'idée me plaît aussi. J'ai bien envie d'être distraite de cet hiver interminable. Rencontrons-nous.

Nous nous sommes rencontrés, lui, moi et le MALAISE en lettres majuscules.

IL N'AVAIT PAS DE DENTS D'EN AVANT!

La dernière fois que j'avais été mal comme ça, j'avais eu un accident de char. Je suis allée aux toilettes essayer de me ressaisir. Il était sans dents, sans gêne et sans honte. Son aisance triplait mon inconfort, jusqu'à le rendre physique et menacer ma santé. J'ai sérieusement envisagé de sortir par la fenêtre des toilettes et d'abandonner mon manteau… Et s'il y avait dans les poches une trace de moi que l'édenté puisse suivre pour me retrouver? J'ai respiré un grand coup, grappillant ce qu'il me restait d'humanité. Je suis retournée vers lui, la mine déconfite, j'ai prétexté un appel de ma fille et je suis sortie en vitesse supersonique.

Maintenant que j'ai survécu à la commotion et que je ne suis qu'en choc posttraumatique, je peux en parler: *DUDE!* Les incisives ne sont pas optionnelles, comme les cheveux et les belles mains. Ça ne se fait pas, sortir sans palettes. On peut tolérer trois heures, entre le moment malheureux où tu les as perdues et le rendez-vous chez le dentiste. Jamais, au grand jamais, tu ne dis mot et exposes l'abysse dans cette éternité et JAMAIS tu ne courtises quelqu'un. La seule façon dont ça peut être *cute* de ne pas avoir de dents d'en avant, c'est d'avoir six ans et de mettre des pailles dans le trou!

NEXT!

Salut,

Je suis à la recherche d'une femme comme toi, un peu artiste, articulée, autonome. Je suis ingénieur à la retraite, je vis à Outremont. Je n'ai pas d'enfant, je le regrette. J'ai maintenant du temps pour une gamine, une épouse, une famille.

On poursuit ?

Y

Bonjour Y,

Vous ne vous enfargez pas dans les fleurs du tapis, je crois même que vous n'en avez jamais semé. Votre approche sans fioriture a le mérite d'être limpide, un peu écourtichée en charme, mais limpide.

Dites-moi, sans folâtrer, vous arrivez à être un brin plus souple ?

La souplesse n'a jamais été un attribut professionnel. Je n'ai pas appris à « folâtrer », je ne suis pas sûr de la signification de ce mot. Je connais la science et les planètes, je sais calculer les probabilités d'échec et de succès. Je n'aime pas être sur RR.

Je suis prêt pour une nouvelle vie. J'ai une maison, les moyens de la quitter ou de rester. J'ai le temps.

Qu'attends-tu d'un homme ?

Y

Soyez moins rigide, mon cher monsieur Y !

Détendez-vous, personne n'aime être ici, c'est un mal nécessaire dont les chances de succès se calculent mal, aussi savant que vous soyez.

Je travaille dans un milieu artistique. L'imaginaire, la créativité font partie de ma vie, la liberté, aussi. Celle de dire ou de faire sans histoire, sans préjugés, sans conventions.

Ce que j'attends d'un homme ?

Je le voudrais grand, beau et brun. Intelligent, fort et masculin, un homme, un vrai, capable de tenir sa parole et ses érections. Qui conduit la voiture pour sa femelle, qui grogne un peu quand il est heureux.

D'un point de vue moins terre à terre, je souhaite qu'il ait un esprit vif, un peu rebelle. Un ami, capable de parler d'étoiles, un amour, capable de parler de ses aspirations.

Me suivez-vous toujours, sauriez-vous me décrire vos espoirs, monsieur Y ?

Je crois que je suis tout ça.

Puisque tu me le demandes, je vais aussi te faire part de ce que je recherche. C'est gênant, et je n'ai jamais osé le dire. Tu sembles particulièrement ouverte et cela va peut-être te surprendre. J'aimerais avoir une femme avec des gros seins.

Ça ne s'invente pas. J'ai ri pendant quatre jours.

Next.

Cher M,

Oui, cher. J'ai de la gratitude de m'adresser à quelqu'un de particulier, j'aimerais dire un adulte signifiant mais ce n'est pas tout à fait le cas. Nous n'avons pas de relation, et si tu n'es qu'un mirage, ce soir, il m'importe peu que tu t'incarnes en vrai. Tu es un ami imaginaire et oui, je suis heureuse, particulièrement ce soir, d'au moins en avoir un.

Je ne sais pas quoi penser de tenir à quelqu'un qui ne m'aime pas. Pour une amie qui était restée avec son mari malgré des tourmentes, j'avais trouvé ça beau, d'un romantisme ancien. Pour moi, ça n'a jamais été envisageable. Dans l'amour, j'aime toujours la partie où je suis aimée aussi. Sans elle, l'amour est incomplet, souffrant, ce qui me semble contraire à ce qu'il doit être. Dans mon idéal, du moins. Il y a dans cette espèce d'abnégation à aimer sans retour, j'hésite, une noblesse que je trouve belle ou un sacrifice inutile ?

Non, c'est minable. Je suis vraiment loin de t'aimer, c'est juste mieux que rien. Rien n'avoir à penser, à rêver, à fantasmer et même à se masturber.

Ou personne à qui écrire.

Jour 1 d'un voyage de Noël au Club Med. Nous n'y sommes pas, ma fille et moi, par mes propres moyens, insuffisants pour les voyages en cette période de l'année. Je te ferai, plus tard, une leçon d'économie sur le célibat. Nous sommes ici par la générosité d'un couple d'amies. Ma gratitude n'est pas matérielle ; ce couple nous a permis « d'appartenir », de faire des projets, de faire partie d'un plan, d'un clan. J'y reviendrai.

Le ciel est chamarré noir et blanc et je ne sais pas ce que sont les nuages ou la voûte céleste. J'entends les grillons et le clapotis des vagues. La voix d'une enfant encore debout, pas la mienne. Ma sévérité déborde les frontières canadiennes et l'heure somme les enfants de dormir, même en vacances. Les notes aiguës de la petite voix en permission, les interventions détendues de ses deux parents reposés sont une joie. La vie existe, au-delà de notre chambre, au-delà de ma morosité. Des familles complètes existent au-delà de la demi-nôtre, celle de ma fille et moi.

Trois traits de lumière se mirent sur une étendue d'eau que je ne peux pas qualifier tant elle est immense, un lac, un bout de mer ? Je ne sais. J'ai appris avec le temps qu'on ne peut pas tout nommer. Entre le blanc et le noir tranchants de nos années solides, celles où aucun organe ne nous faisait défaut, s'installe le gris en nuances pour toutes les situations qu'on ne saurait trouver ni blanches ni noires.

Je ne suis ni bonne ni mauvaise, ni vieille ni jeune, ni laide ni belle, je suis. La solitude n'est pas la somme d'une équation absurde, elle est. J'ai une chance sans nom d'être ici et une tristesse également sans nom d'y être sans amoureux. Si la situation était idéale… Idéale, doit-on tendre absolument vers le blanc ou le noir, doit-on toujours poursuivre un idéal, aspirer à autre chose et se trouver insatisfait de ce qu'on a pendant la quête ?

Peut-on vivre en gris, simplement ?

Puis-je gaver ma peau de soleil, lui faire bouffer de la vitamine à pleins pores, me réjouir de sa gourmandise et ne pas m'attrister qu'elle ne soit pas caressée en plus ? Qui a décrit des modèles si stricts de bonheur qu'il soit impossible de s'en soustraire ?

Qui ? Qu'on le mette en prison. J'irai aussi, pour m'y soumettre.

Jour 2.

M, encore cher,

Les Clubs Med sont grégaires, on y vient en famille, en couple. J'apprécie encore de t'écrire, mon ami imaginaire, pour me laisser l'impression que quelque part, dans un pays si loin que même en avion on n'y accède pas, je ne suis pas seule.

Je crois que ma libido est en argent américain. Ou elle est en été et s'est dépouillée des couches de laines polaires, manches longues, col roulé et autres excès de tissu qui la couvrent en entier à Montréal. Je me réjouis de ressentir encore quelques pulsions du bas du corps et en même temps… Ouin, pis ?

Si les rencontres sont compliquées, on peut dire qu'à cinquante-deux ans, la lubricité pure, sans partenaire, est à peu près vouée à rien. Je me vois mal retourner sur le Net à la rencontre du vieux mâle libidineux sans fraîcheur. Probablement avec du blanc aux commissures de la bouche, le personnage m'écœure déjà en théorie. Je ne peux pas imaginer la pratique.

Il y a sûrement d'autres rencontres possibles, du genre O, en me souhaitant plus de succès. On ne peut pas dire que le rapport effort-résultat a été très concluant. Alors, comment ? Plus jeunes, on harponnait au regard, on se retrouvait souvent dans des lieux mal éclairés, généralement en facultés affaiblies, peu habillés, en dansant sur des hauts niveaux d'hormones. L'hormone est peut-être le mot-clé. Les rencontres de courtes durées comptées en jours ou en baises s'expliquaient rarement. C'était une chimie sans mot, sans raison, qui attirait des corps et se consumait dans la jouissance. On pouvait aussi tomber amoureux, à l'occasion, mais c'était optionnel et souvent expéditif. Cet empressement animal à se reproduire, pourtant sans reproduction, cette nécessité de fondre son corps dans un autre nous faisait trouver les occasions et les lieux propices. Au-dessus de cinquante ans, pour aller dans une discothèque, il faut être attardé mental ou aveugle. Voir que vous dépassez de trente ans la moyenne d'âge est un signe clair que vous n'êtes pas à la bonne place.

Hormone. Je dois me réjouir d'en ressentir les effets rares d'un millilitre ou deux, bien que ça aille nulle part. Encore, imaginons une minute, cher et inutile M, que je trouve facilement un animal à déguster. Mettons, après avoir monté les escaliers de l'oratoire à genoux, embrassé un bossu, tâté un trèfle à quatre feuilles ou dix pieds plus loin qu'une cenne noire trouvée sur le trottoir. Mettons, juste pour le plaisir de poursuivre l'hypothèse.

Si on parle crûment d'accoupler deux corps disponibles à la chose et qu'on exclut la passion comme mortier, il faut tout de même trouver à alimenter le feu… ou la petite braise. La peau molle et les testicules descendus de 10 centimètres du spécimen masculin ? La bedaine par-dessus ses petites culottes ou ses flatulences à l'effort ? Le poil dans son nez ou ses cheveux retrouvés en immigrants illégaux dans son dos et ses oreilles ? Le gréement qui vacille ? Un corps qui vieillit, même celui historiquement viril d'un beau brun, est un corps qui vieillit, et même offert avec toute la bonne volonté du monde, même en ajoutant la rareté à l'offrande, il est difficile de rester concentré.

Surtout que je ne suis pas non plus une poulette du printemps. Bien qu'encore totalement fonctionnelle, je dois reconnaître que je n'ai plus la même forme sur le dos que sur le côté. Il s'est créé sur mon corps des drapés de peau inopportuns et des îlots de mou qui ne trouvent pas grâce même dans un éclairage de débauche. Oui, le contenant s'est détérioré au profit du contenu. Si la métamorphose espère de meilleures relations à long terme, elle sabote réellement les rencontres de chair.

Ici, alors qu'aucune vie n'est ensevelie sous la neige, je voudrais pouvoir oublier ma nature vieillissante. Avoir un moment gratis, comme de la chaleur et des fleurs en décembre. Je voudrais retrouver le tonus de ma peau, au moins l'insouciance de ne pas en voir le manque, j'aimerais pouvoir danser au soleil, décomplexée comme un petit poulet sur la broche, laisser mes yeux libres de flâner sur les palmiers et la beauté de cet été perpétuel, libres d'aller et venir sans jugement entre la végétation empressée et ma peau fanée. Je voudrais être vivante malgré la mort, oui, c'est bien ainsi qu'il faut nommer la déchéance, je voudrais être encore vivante, malgré la fin qui s'installe lentement et trouver un autre corps pour accueillir le mien avec fougue, respect, lucidité, sueurs et souffle coupé.

Libido, eh ben. Je ne sais pas ce qu'il y a à la télévision ce soir.

Jour 3, pluie et grisaille, je te suggère d'écouter Autumn Leaves, *des Tiger Lilies, tiré de l'album* Births, Marriages and Deaths. *Tout à fait dans le ton, même si* C'est dans le temps du jour de l'An *doit être plus propice à ta météo.*

Nous sommes la veille du jour de l'An, ce soir, nous changerons d'année, enfin. Merci, doux Jésus, ce n'était pas ma meilleure. C'est rare que je pense à toi comme à quelqu'un qui existe vraiment, avec de la peine et des joies, un corps qui mange et qui fait caca. Je ne sais pas ce que tu fais, avec qui tu passes les fêtes. Tu as choisi de ne pas avoir d'enfants, je crois. Tu seras seul, forcément, aujourd'hui ou un autre jour de l'An, tu ne seras pas à l'origine d'une cellule, tu ne seras pas l'attache ou le noyau de rien. Figure-toi comme un noyau de pêche sans adhérence, où il n'y aura jamais trace de fruit. Tu appartiendras au passé, mort sec avec ta petite amande au cœur, condamné à ne pas participer au mouvement renouvelé de la vie, avec comme seul compagnon dans ton sprint final un petit-neveu ambitieux qui convoitera tes dernières possessions. Tu seras toujours un maillon libre, grand de taille mais petit de sens, qui ne fera plus partie d'aucune chaîne à la mort de ses géniteurs. Quand on me demande pourquoi j'ai adopté, c'en est exactement la raison, ne pas briser la chaîne. Pas pour me prolonger, pas pour me faire durer, pas pour faire mieux que moi, pas pour donner, pas pour recevoir. Pour participer à quelque chose de plus grand que les limites et la futilité de mon existence. Avoir été, bien modestement, un lien entre le maillon précédent et le suivant.

Tu pourras peut-être faire le père de substitution dans une autre cellule incomplète, je te le souhaite, surtout que le gris est tout à fait acceptable quand le blanc et le noir se délavent. Peut-être joindras-tu la chaîne sur le tard, comme les acrobates attrapent le dernier trapèze au lieu de tomber dans le vide. Je te le souhaite.

Je te souhaite « d'appartenir ». Comme ce qu'ont fait mes amies pour nous, en nous incluant dans leur projet de venir ici. Comme rêver avec un clan, une famille, rêver pour son clan, sa famille. Se projeter avec eux et se voir mourir entouré d'eux.

Je ne te parle jamais de ma fille. Je suis un peu pudique et puisque tu as peur de l'engagement, je crois qu'il manque des cellules à ton cerveau. Je ne gaspillerais pas un seul de mes mots pour t'expliquer la richesse de notre relation, à mon enfant et moi. Jamais non plus je n'aurais permis à une déficience d'engagement de s'approcher d'elle, son histoire lui a déjà apporté son quota de déceptions, d'imbéciles et de pas fiables, tous sexes confondus. Mais parce que nous changeons d'année et qu'il est d'usage de formuler de beaux souhaits, je me dois de t'expliquer les miens. Tu es intelligent, tu vas comprendre malgré ce qu'il te manque de matière grise.

Pour le sens qu'elle donne à la vie, pas que la mienne, pour cette satisfaction toute cérébrale de faire la bonne chose, pour l'accomplissement instinctif, tout animal, d'une famille même partielle, même un peu croche, ma fille me fait vivre. Et parce qu'elle m'aime, alors que je n'ai jamais cherché à la séduire. Et que je l'aime, simplement en étant elle.

Bonne année.

M,

Le soleil revient, je suis moins sentimentale, on va laisser le « cher » pour aujourd'hui.

Jour 4 d'exotisme. J'ai la famille, les clans au centuple et au visage. Ils sont partout et moi, je crois que je n'existe pas. Ce n'est pas encore une complainte de la solitude, non, aujourd'hui je voudrais faire un autre constat : les vieilles femmes n'existent pas.

J'avais déjà remarqué que je me sentais mieux en général dans les rues et les endroits publics, je n'avais pas compris que c'était lié au fait d'être soustraite au regard des hommes, à cause de mon âge avancé. Oui, je dois t'expliquer, tu n'es pas une fille et tu n'as pas la taille d'une proie, c'est sûrement chinois. Peut-être as-tu une petite sœur ? Ça t'aurait rendu plus réceptif. Tu restes tout de même avec une immunité de garçon.

Les filles sont toujours des proies, elles se réduisent rapidement à une paire de seins, ou de fesses, à une chasse possible, un petit lunch rapide, un pari excitant, une proie coriace, une gourmandise interdite, un modèle pas essayé, re-totons, re-fesses, jambes longues, taille fine, ayyye, une rousse ! Jamais tâté ça ! Cul, cul, cul. Jusque-là, même si les intentions ne sont pas toujours nobles, la chasse est, disons, ludique. J'avoue que pendant quelques années connasses, j'ai eu à la fois un cerveau de garçon, stimulé par le nombre de mes conquêtes, et un cerveau de fille, totalement perméable à l'effet des regards posés sur moi. Par l'intervention d'un engramme primitif difficile à ignorer, ou soumise à un équilibre fragile, ma propre estime se calculait aux regards de ces innocents. Misérable.

Dans les pulsions, le malsain n'est jamais loin, et le grand loup, pas du tout dans le bois. Je ne peux pas compter les fois où j'ai vu des pantalons descendus, des portières de voiture ouvertes sur des masturbations ostensibles, des suiveurs insistants, des mots gênants empruntés au vocabulaire de film de cul, souvent à un âge où je n'en avais même pas vu les previews, *des mains trop libres, des sexes aux aguets. Je ne veux pas dire que tous les hommes sont des malades mais les malades sont très décomplexés, comme cautionnés par une entente tacite entre hommes, et peut-être même agréée par les femmes. Comme si la loi et l'ordre s'appliquaient à peine aux affaires de bas instincts. Si ces manifestations déréglées ne sont pas rares, le regard totons fesses, beaucoup moins malade mais pesant, est constant. On ne sait pas, en proie, où il s'arrêtera et on craint toujours, en proie, les fesses serrées, que le regard ne s'arrête pas à temps et qu'il engendre le geste.*

J'ai eu le regard pesant qui ne s'est pas arrêté à temps. Pas vraiment envie de t'en parler, j'ai été chanceuse malgré tout. Ouin. Comme si c'était une chance de ne pas avoir fini une agression en morceaux et que seulement être battue était acceptable ou ne justifiait pas la dénonciation. Je n'ai pas accusé, comme si j'étais un peu coupable, alors que je n'y étais vraiment pour rien dans les pulsions de débile de mon agresseur. Peut-être qu'ayant passé plusieurs années à m'évaluer dans le regard des hommes, j'avais cru normal de payer pour les services rendus.

Peu importe, à la fin, tu peux comprendre que j'ai été plus que soulagée qu'en vieille femme, je ne représente plus rien pour les prédateurs et si, par ricochet, je n'attire plus le regard des hommes, même en bikini, ça reste une aubaine.

Je craindrai désormais pour ma fille.

Jour 5, ensoleillement incendiaire.

Je ne sais pas si on peut avoir des zones d'ombre quand il y a autant de lumière. Je ne sais pas si on peut vraiment dissimuler la vérité quand on est cocktail depuis cinq jours.

Allons-y.

M,

As-tu déjà eu de la peine, tellement de peine que tu n'arrives pas à la contenir et que la seule façon de ne pas la laisser respirer pour toi est de mentir, pour la nier totalement, qu'elle n'existe pas vraiment ? Au moins pas à la surface des choses ? De prétendre que tu ne la connais pas, que ton monde en est un de certitude et d'assurance et que si tu reconnais que le besoin de la soigner existe pour les plus faibles nécessiteux, tu te tiens debout sans t'en occuper ?

Je me force un peu, là. Je me force à t'avouer, par surplus de soleil, parce que rien n'échappe à tant de lumière.

Je suis triste d'être seule, tiens, t'en es-tu aperçu… je suis triste et la seule façon d'y échapper est d'alléguer qu'être accompagnée n'est pas nécessaire. Qu'aimer un homme est une faiblesse, qu'ils sont en général imbéciles et que l'exception est déjà mariée et m'a enfantée. Gros, gros clichés que je n'ai pas inventés et qui ont bien servi d'autres filles seules avant moi.

Que dire d'autre ? Que je ne suis pas aimable ? Que je ne mérite pas d'être aimée ? Que je dois être tellement laide que personne ne se retourne ? Que personne n'a jamais eu envie de m'inviter à souper ? Que je dois être un pot-pourri de mauvaise haleine, de dessous de bras, de pieds et d'entrejambe ? Que je me sens aussi bien que la petite grosse que personne ne voulait dans son équipe de ballon-chasseur et qui restait à faire semblant qu'elle n'était pas seule, accotée au mur du gymnase ?

À quoi me servirait de l'admettre… Parfois, je me dis que j'y perdrais la fierté que j'ai de tout réussir toute seule. Aucun rapport. Je ne perdrais rien du tout. Parfois, je me dis qu'à le dire tout haut, j'attraperais un tas d'amis appliqués à me dire ben noooooon… ben oui. Je vois bien que j'ai toujours la chaise impaire au resto. Pas envie d'être obligée de les convaincre. Pas envie de leur dire à répétition que je dois bien faire quelque chose de pas aimable, pas envie de me décrire en choses laides pour leur parler de ma solitude en sachant très bien qu'à la fin de tous les arguments… ben non, nous on t'aime… ils s'en iront vers une petite soirée, main dans la main, et que je partirai seule avec ma sacoche. Dans une maison sans odeur, sans lumière et que toute la vie que j'y trouverai sera celle que j'aurai apportée. Aimée de tout le monde, préférée de personne. À quoi pourrait bien servir d'en parler en plus avec des mots difficiles de dénigrement, parce que oui ! je dois bien avoir quelque chose qui ne va pas ?!!!

TA YEULE !!

Hum… un mojito de plus.

La vraie affaire c'est toujours que j'ai honte de ne pas être aimée, j'ai honte de ne pas être aimable et je n'ai pas envie d'ajouter l'humiliation à la honte. ALORS J'AI PRÉTENDU, JUSQU'À AUJOURD'HUI, QU'AVOIR UN AMOUREUX NE M'INTÉRESSAIT PAS.

Je vais me baigner.

Quand je vais dans ces cantons d'aveu de misère, même rapidement avec une seule petite phrase écrite à la sauvette, j'en reviens à pied, sans chaussures, écorchée. Je voudrais être lucide et dire que je suis volontaire, créative, ingénieuse, pas si mauvais parti et que je ne mérite pas la solitude. Je n'y peux rien, quand je vais dans ces contrées de misère, je suis laide, mauvaise et je le mérite. J'ai honte de ne pas être aimée.

Je vais me baigner. Je resterai sous l'eau beaucoup trop longtemps, en espérant y changer ma température. Quand j'aurai pleuré toutes mes larmes de petite grosse pas choisie, je remonterai et je prétendrai une fois de plus que je n'ai besoin de personne, surtout pas d'un homme, surtout pas d'une famille.

Jour 6

La lune est pleine et fait de petits éclats de verre brillant sur les vagues. Dans notre chambre, la lumière éclabousse blanc, sans filtre. Je suis toujours imbibée. Je ne résiste pas à l'aveu, ici, loin de mes repères, en facultés affaiblies. Peut-être aussi que les demi-mensonges me pèsent et que l'occasion procure la libération.

Je n'ai jamais été mariée. Pas personne n'a pensé m'aimer assez pour se lier à jamais avec moi. Pour s'engager, tellement fort que même l'afficher avec un anneau ne pouvait pas être gênant. S'engager, pour la vie, avec moi. M'aimer et en être fier.

Jamais.

Avant que je parte pour ce voyage, mon ex a annoncé sur les réseaux sociaux qu'il allait se marier. En soi, ça ne me dérange pas beaucoup, je ne veux plus de lui. C'est juste que ça me laisse la vilaine impression d'être à vendre sur une tablette dans un magasin fermé.

Dis-moi, Diane, ça te fait quelque chose ?

Non, non, aye ?!! Ben non, gros quétaine… Tssssss, un genou à terre avec des gants blancs ? Il s'est adressé à son père, aussi ? Un beau diamant qu'il va payer en versements ? Une noce quétaine pleine de coiffures de coiffeurs et de maquillages de maquilleurs ? Des gars au look loué ? Du manger pas cher en cinq services ? Une salle en parqueterie avec des plafonds bas ? Une grange avec des pots Mason sur les tables ? La corde au cou ? Une robe blanche de princesse en dentelle qui grafigne ? Un gros gâteau en fleurs de sucre taponné ? Une bouquetière aussi ?

Me marier, moi ? Jamais !

Ben non. Surtout qu'il n'y a personne pour le proposer, c'est déjà assez poche, vous ne m'entendrez pas le souhaiter en plus.

ALORS J'AI PRÉTENDU, JUSQU'À AUJOURD'HUI, QU'AVOIR UN MARI NE M'INTÉRESSAIT PAS.

Si une fois, je le disais tout haut ? Que j'ai envie d'avoir mon homme, que j'ai envie de le présenter en disant que c'est mon homme, mon homme à moi ? Que j'ai envie d'appartenir ?

Le problème avec les aveux, c'est qu'une fois qu'ils sont faits, on est pris avec. En disant que j'aimerais avoir mon homme, si je l'ai pas, c'est long. Idem pour l'amour, si on avoue qu'il n'y a que ça, que l'amour en réponse à la détresse, que l'amour pour raccourcir une vie interminable, que l'amour pour soigner, magnifier, pour allumer. Que l'amour pour endormir le difficile, enrichir le beau, que l'amour pour étoffer le sens de la vie et en alléger le manque… qu'est-ce qu'on fait si on ne l'a pas ?

Je retourne au bar, last call.

M,

Rentrée au travail, ce matin. J'ai vu Dominic Anctil avec sa fille. Je ne vais pas te présenter tout mon entourage, vu que nous n'allons pas nous attacher. Sache seulement que Dominic Anctil est un homme d'une grande bonté au point que j'aurais pu dire : j'ai vu Bonté Anctil, c'est un homme d'un grand Dominic.

Il est arrivé au travail avec ses enfants. Le temps qu'il passe sa main sur les cheveux tout neufs de sa fille de huit ans, j'ai pensé à la mienne. Je te parlerai encore de ma fille, même si j'hésite à la faire côtoyer un inconséquent, ne serait-ce qu'en mots. Ma fille n'a pas de «famille» avec laquelle elle vit. Elle a un père, un peu décoratif, qu'elle voit parcimonieusement. Nous n'avons pas de «famille», nous sommes seules, bien que deux.

J'aimerais qu'elle «appartienne». À un clan, une tribu, une famille. Qu'on se projette, qu'on se tienne, qu'on s'amalgame. Qu'on soit un repos ou un tremplin, le départ ou le retour.

Je ne demande pas d'être douze, trois serait suffisant. Que ma fille et mon homme puissent se mettre à deux pour parler dans mon dos lorsque j'aurai refusé une permission: «Je vous entends…»

Qu'il puisse y avoir un témoin à nos duos complices, filiaux, amicaux, amoureux et… familiaux.

Je ne demande rien de compliqué. Que ma fille puisse connaître le sexe fort au quotidien. Celui qui, plus que des pots hermétiques, peut ouvrir des petits cœurs de princesse, faire grimper sur ses épaules téméraires, porter jusqu'au lit une enfant assoupie. Que ma fille puisse admirer avec moi la beauté d'un homme qui passe la tondeuse ou qui monte une tente pour qu'elle ait peur dehors. Qu'il la protège de tout ce qu'il y a dehors.

J'aimerais qu'elle puisse connaître toutes les évidences mâle-femelle qui nous ont gouvernés depuis la grotte. Pour mieux s'en affranchir et trouver sublime la différence de nos genres.

J'aimerais surtout qu'elle me pardonne. De l'avoir fait venir de si loin et de ne pas lui offrir une main masculine pour caresser ses cheveux tout neufs de fille de huit ans. De ne pas lui offrir un modèle pour sa vie sentimentale; de ne pas nous voir traîner à la table, étirer lascivement le cognac au bord du feu, nous prendre la main en nous regardant longtemps, longtemps dans les yeux, et nous entendre dire : « C'était bon le souper, mon amour... » De ne pas lui donner l'occasion de partir en coup de vent, s'en aller jouer au parc avec ses amis et dire en fermant la porte : « Ah, lâchez-vous ! C'est dégueulasse de toujours vous embrasser. »

M,

Aujourd'hui, Gros chien m'a fait une grosse peur. Gros chien a fait une grosse fièvre et un gros désordre de globules blancs. Gros chien a fait une grosse facture chez le vétérinaire.

Je la repayerais cent fois pour entendre encore qu'il va bien.

J'ai pensé à toi, comme tu semblais aimer les animaux. Comment tu avais prêté ta voix à Gros chien quand il cherchait son trou le soir où tu es venu chez moi.

« C'était où, c'était où donc que j'étais bien avant de me lever ? »

Tu m'avais beaucoup fait rire avec ta répartie de bête. Je t'ai regretté aujourd'hui, pour ça aussi. Et parce que j'aurais aimé partager mon inquiétude, appréhendant le diagnostic.

Gros Doudou est mon meilleur compagnon. On peut dire plein de choses des chiens, qu'ils nous aiment, qu'ils nous font sortir, qu'ils nous font rencontrer des gens. Qu'ils nous accompagnent, nous attendent, qu'ils ramassent les miettes tombées par terre. Les miettes de manger qu'ils convoitent par gourmandise mais aussi les miettes de cœur cassé qu'ils ramassent d'instinct.

On peut dire qu'ils n'ont pas de classe, qu'ils peuvent nous lécher en alternance avec leurs parties, avec le même enthousiasme, qu'ils essaient toujours de sodomiser un autre chien quand ce n'est vraiment pas le temps. Ils flatulent, si leur vent n'a pas assez écœuré vos invités, ils rotent pour l'occasion. Ils courent après les moufettes et, leur vie durant, ne font jamais le lien entre l'animal et l'odeur. Pas non plus entre le porc-épic et la douleur. Ils sortent généralement leur bizoune devant les enfants pour susciter des questions gênantes.

Mais dans ses gros soupirs et ses grands yeux, Gros Doudou me dit qu'il m'aime. Il ne s'enfarge dans rien, il m'aime, avec ou sans biscuit, dans l'auto ou en promenade, sur le divan, coupable, sale, mouillé, propre avec un foulard mâchouillé au cou. Gros Doudou m'aime quand je le lave, quand je pleure, quand je le chicane ou que je joue avec lui. Quand je le néglige, quand je travaille trop, quand je le somme de lâcher le chat ou un tampon plein trouvé dans la ruelle.

Inconditionnellement.

Être aimée sans condition, être aimée plus que tout au monde, ça compte, même si c'est par un chien. Chercher à qualifier la valeur de l'affection animale est un doute ingrat pour Gros chien qui donnerait sa vie pour moi. Comme plein de gens seuls qui s'adressent ouvertement à leurs chiens, qui les traitent comme des personnes, qui vieillissent avec eux parce que ces chiens sont le seul regard qui leur a été offert, comme tous ces gens qui partagent avec leur animal, leur temps libre, leur salaire et leur repas, j'aime mon chien. Je n'ai pas honte.

d

M,

Aujourd'hui, je te parlerai temps et argent, j'ai reçu mon compte de carte de crédit. Heureusement que je n'ai pas payé le voyage.

La solitude n'est pas une activité économique rentable. Pas dur à calculer. Un couple amoureux dort dans le même lit, mange dans la même cuisine et besogne dans la même toilette. Là, mon grand lapin, on a tout en double. On a même deux voitures pour faire plus inconscient avec la planète.

Quand je pense qu'à deux, je diminuerais la moitié de mes charges, j'ai les larmes aux yeux. Quand je pense qu'on serait deux à payer les mêmes infrastructures, je frise l'évanouissement. Je vois ton grand corps étendu dans le sable deux fois par année, je nous imagine remplis à ras bord de spaghetti en Italie. Nous serions plus beaux, aussi. Non seulement les gens heureux sont radieux, mais ils ont plus de sous pour s'entretenir. Dents blanchies, laser, Botox, sport et autres traitements pour contenir les dégâts que l'âge nous inflige, à deux, on peut se les offrir.

Tu te rends compte, aussi, de tous les frais qu'on s'évite à doubler les compétences ? Je fais tes bas de culottes et tu démerdes mon ordinateur. Tu installes l'électronique dans la maison, je fais un jardin. Pas besoin de te faire livrer une seule pizza, je la fais, tout en saveur.

Sérieux, juste un petit calcul : sauver un loyer de 1000 dollars par mois, 12 000 dollars par année. Dix ans de vie commune, 120 000 dollars. Je ne voudrais pas sembler matérialiste, mais ça ne te donne pas le goût d'épouser quelqu'un, toi ?

Non ?

Pense à nos vieux jours, tu te rends compte, deux pensions qui, au lieu de s'additionner, se divisent en deux maisons ?

On ne changera pas nos dentiers souvent.

Il y a aussi une autre affaire, le temps. Je calcule que je n'ai pas tout à fait deux petites heures de temps libre par jour, si j'enlève les activités imposées.

Imagine maintenant qu'on est deux pour éplucher les patates, qu'on est deux pour laver une seule automobile, passer un seul aspirateur, payer les comptes, faire les courses, promener le chien, changer les draps, tondre le gazon. Pas besoin de me rendre à laver la salle de bain, je crois que tu as compris. D'ailleurs, tu es brillant, tu as déjà figuré qu'on pourrait se payer une femme de ménage.

Imagine aussi le plaisir de faire les choses pour quelqu'un. Toutes les tâches ennuyeuses faites solo finissent par peser comme des fardeaux. À les faire pour et avec son chéri, elles deviennent plaisir ou activité. J'ai dégagé toute la neige sur la voiture, on va faire les courses ensemble ?

Tellement.

d

Eh ben.

Je n'avais pas effacé ma fiche d'hiver, ayant même perdu l'intérêt de suivre mon dossier. À la fonte des neiges, sur mon terreau infertile, une petite pousse germée d'un vieux semis…

Madame Dérangée,

Je réponds aussi aux courriels. Vous ne m'avez pas laissé le temps. J'ai perdu un peu d'assiduité sur RR, las de croiser des folles.

Gros pas poli

GPP était un psychiatre abîmé. De calibre à me répondre. Nous nous sommes rapidement rencontrés, forts d'une relation épistolaire explosive.

Pauvre vieux. Une étoile implosée. Il avait dû être beau, fougueux, spectaculaire. Un grand bonhomme intelligent, qui avait vécu trop longtemps en misère affective et qui avait perdu son lustre. Une voiture rutilante qui n'avait plus de bougie d'allumage, abandonnée de longue date dans le garage, empoussiérée, négligée. J'ai voulu le redémarrer.

J'ai essayé de lui dire que je comprenais qu'il avait besoin de soin. Il portait les stigmates d'un homme trop longtemps mal aimé, usé de manque. Ses vêtements, son teint et même l'épaisseur de sa peau trahissaient la carence. J'aurais dû dire : « Woooooo, quel *weird… NEXT!* » Mais je me suis attendrie sur ses ruines.

Je dis souvent qu'on est des pointes d'iceberg. Sa partie visible était épeurante ; pour demander à voir l'invisible, je n'avais aucun jugement. Sa chute m'émouvait et n'était pas sans me rappeler la mienne. Il faisait tout compliqué. De formation, il était armé pour perdre l'ennemi dans des dédales d'explications psychiques, prêt à tout pour maintenir ses défenses. Dans les faits, tout pour me tenir à un bras de distance.

J'aurais voulu qu'il sache qu'il était beau, et qu'avec une petite couche d'amour, comme de l'eau sur une terre sèche, il pouvait fleurir à nouveau. Oh, vraiment ? Je m'adressais à qui, à lui ou à moi ?

Devant sa résistance, je n'avais pas d'arguments. Il avait plus de mots que moi, plus de notions, forcément plus savant et, tout simplement, plus intelligent.

Je me suis mise à me répéter le seul mot pour l'affronter, un genre de mot saveur du mois… Je me suis mise à me répéter: « *Surrender.* » Renonce, abandonne. Je réfléchissais à tous les mécanismes qu'on laisse « nous protéger », toutes les palissades qu'on érige au fil des ans, supposément pour s'éviter de souffrir. Tous les chemins qu'on n'emprunte plus parce qu'une fois on y a trébuché, tous les mots qu'on ne dit pas parce qu'ils ont parfois été trahis. Tous les bras de distance… Toutes ces « protections » qu'il déployait avec autant de savoir-faire l'avaient-elles si bien servi? Et moi?

Pas tant.

Allais-je, moi aussi, finir sèche dans un garage, à refuser ce qui pourrait me faire du bien par terreur du mal? Combien de fois avais-je été approchée sans accueillir la proximité, combien de fois avais-je dû accepter un petit amour mal adapté juste parce que je craignais qu'un plus grand me soit retiré? Combien de fois avais-je dit « Va chier » au lieu de chuchoter « J'ai peur »?

Surrender.

L'hiver avait assez duré, j'ai fermé ma fiche.

Next.

M,

J'ai commencé à oublier ton visage.

C'est bien.

J'ai appris un mot nouveau: surrender. *Je ne sais pas ce que vous avez tous à avoir peur du bonheur comme de la fièvre Ebola mais moi, je vais y arriver.*

En insistant ou en renonçant, je ne sais plus trop. Je laisse tes traits retourner d'où ils viennent, au pays Avantoi. Après une longue étape d'« impuissance », certainement un mot très laid, j'en arrive à ce qui a toujours été le summum du désagréable, le « renoncement ». Honnêtement, comme je tenais un peu à toi pour la forme, je ne « renonce » pas tant que ça. Ceci dit, renoncer, pour moi, n'a jamais été spirituel. C'est un peu l'échec, surtout, ça veut dire que je n'arriverai à rien malgré mes efforts et ma détermination. Même si je t'écris jusqu'à ma mort. C'est une équation inadmissible. Quand on vit comme une cigale on mérite un peu la famine. Mais quand on est vaillant comme une fourmi c'est vraiment misérable d'avoir le garde-manger dégarni. J'ai cultivé mon corps pour ne pas qu'il épaississe, j'ai lu sur les relations humaines pour mieux les comprendre, me suis parlé pour ne pas être amère, j'ai dompté mes peurs pour ne pas effrayer personne. Les efforts sont supposés être récompensés. Si tu étudies bien, tu as de bonnes notes. Si tu travailles fort, tu gagnes un bon salaire, si tu fais beaucoup d'exercice, tu ne meurs pas d'une crise cardiaque, si tu ne manges pas mal, tu n'engraisses pas et si tu es très honnête, personne ne te ment.

Non ?

Quand je dois vraiment l'avaler, je trouve une certaine comestibilité au renoncement. Un genre de goût sombre comme une pâte d'olives noires ou un caviar, noir aussi. C'est bon, avec un doute. Je ne sais pas si tu as aimé les Star Wars. *Il y a une scène classique où Darth Vader s'apprête à tuer Obi-Wan Kenobi. Celui-ci, voyant sa mort imminente, cesse de s'agiter, retire son sabre du combat et le pose devant son visage comme un salut. Il ferme les yeux et Darth Vader le coupe en deux. J'adore. Ce renoncement est une acceptation totale. Obi-Wan s'offre à la mort, prêt et apaisé. On ne devrait pas mourir, ni vivre autrement.*

Dans cette perspective, je pourrais choisir un autre mot que « renoncer ». Peut-être qu'oublier tes traits, c'est « dénouer », ce qui semble plus curatif. Comme défaire un gros nœud qui sangle le cœur et empêche les autres amours. Peut-être aussi que je pourrais « résoudre l'impasse » et dans ce cas, au lieu d'annoncer une fin, j'accueillerais un début.

J'oublie ton visage, tu n'es plus qu'un murmure. J'oublie lentement le prétexte que tu as été à ma peine. Peut-être que je ne désirais que souffrir, pour ne pas m'éteindre.

d

Le printemps revenait

Le printemps, une période idéale pour être amoureux. Les petits oiseaux, le soleil, on se dit : « Me semble que je serais bien avec un verre de rosé et une main de garçon. »

Je prenais de l'assurance sur RR. J'ai ouvert un nouveau profil sans trop de texte, cette fois avec photo. Un autre succès de quantité. Pour abréger, j'ai fait ça… à plusieurs. J'ai entretenu une, deux, puis trois et quatre correspondances à la fois. Statistiquement, A, le petit fort en math, avait raison, je risquais d'être sur RR jusqu'à l'infini avant de trouver l'homme de ma vie. Et puis, toujours statistiquement, je commençais à approcher les candidats comme des spermatozoïdes en lice pour l'ovule. Peu ont la chance de se rendre au but.

J'ai revu le mode d'exécution pour compenser mon manque croissant de patience et d'optimisme.

Je jure que je n'ai pas manqué d'intégrité. Aucun ne me semblait suffisant. Chacun représentant la fraction d'un intérêt, je me suis dit qu'à plusieurs, d'un point de vue purement mathématique, ça pourrait faire un tout.

R était un monsieur brillant, propre et discret. Un monsieur au bon groupe d'âge, qui avait fait les choses dans l'ordre, qui écrivait sans fautes des lettres sans intérêt ponctuées d'émoticônes et de « lol ». Qui me demandait des nouvelles de mes parents. Je l'ai rencontré, sur son insistance. J'ai parlé sans arrêt, ses mots m'ennuyaient plus que les miens, j'ai choisi de m'autodistraire. Je suis partie aussi rapidement qu'un semblant de politesse pouvait me le permettre.

Next.

U était une queue de veau, une tache qui donnait la réponse avant de lever la main, qui répondait avant la question. Hyperactif. Sportif. Le genre à faire du *hiking*, du *biking*, du *trekking*, du *camping*, du *snowboarding*, du *surfing*. Il m'épuisait à la correspondance, hors de question que je me rende au *necking*.

Next.

T avait tout pour lui, surtout une plume extraordinaire. Mais il n'était pas beau et dansait la salsa les samedis soir. Désolée, je n'ai pas pu.

Next.

V était largement sous l'âge de mes critères d'admissibilité. Sa démarche tenait-elle de la philanthropie ? De la grandeur d'âme qui fait que les homosexuels font danser les grosses dans les mariages ou que le bénévole apporte des Whippet à des vieux dans les CHSLD ? Je ne vois pas pourquoi on a vraiment envie de se « livrer à une femme d'expérience », mais jeune homme, ça ne sera pas possible.

Next.

Coquette a été de loin le « candidat » qui m'a fait le plus rire. Il s'agissait d'un couple composé d'un gros moustachu et d'une petite madame. Ils voulaient me faire un « bon souper ». Même pas pu répondre. Faudrait qu'un jour on m'explique la nature humaine.

Next.

J, par contre, était intrigant.

Cher monsieur J,

Normalement, j'ignore les « premiers pas ». C'est d'ailleurs très optimiste que RR offre une option préfabriquée « je fais les premiers pas » comme tentative d'approche. Ça n'impressionne pas plus qu'un pêcheur attendant que le poisson se mette de lui-même sur le barbecue. Ça peut aussi signifier que l'utilisateur fait de la pêche industrielle et, plutôt que de choisir l'appât bien assorti à la petite poissonne pour la séduire tout en nuances, il ramasse au gros filet.

Nul.

Cependant, j'ai un faible pour les grosses bêtes et je ne parle pas de votre moto. Votre fiche est originale et si, sur la première photo, vous avez l'air engagé pour éliminer un Hells Angels, votre dernière photo vous dessine une petite face innocente de jeune vierge qui vient de voir sa première bizoune. Surprenant. Vous avez aussi un beau mot dans votre description : « ÉBÉNISTERIE. » Je suis un castor, toujours en train de bricoler quelque chose, vous avez sûrement des outils que je n'ai pas.

Non, rien à dire, vous êtes mignon. Je suis même surprise qu'il ne se soit trouvé que deux quétaines pour vous offrir des cadeaux virtuels.

Cadeaux virtuels, vraiment ? Je suis doublement sidérée que RR offre aussi cette possibilité. En même temps, le but d'un business étant lucratif, comment les blâmer… Mais qu'il existe vraiment des filles assez convaincues pour acheter des icônes de café ou de martini et les offrir aux garçons ? Oh ! À moins que vous ne les ayez achetées vous-même pour faire monter les enchères ? Surtout, ne me répondez pas à ce sujet.

Pour ce qui nous regarde, force est de constater que nous serions un match *aussi probable que Terminator et Bobinette. À côté de vous, j'ai l'air d'être à Versailles sur ma photo de fiche, et votre t-shirt de Zappa me donne la grattelle. Sincèrement, je vous écris pour vous souhaiter bonne route !*

Chère D,

Je suis tout à fait d'accord avec toi. Les « premiers pas », c'est nul. Et oui, ça sonne sans effort. Tu peux m'imaginer affalé sur le quai, fainéant, une ligne molle attachée à ma chaise, espérant, aussi mollement, qu'une « poissonne » soit attirée par la brillance plutôt terne de mon appât. Mon abonnement de RR est sur le point de se terminer et comme je disparaîtrai à jamais, j'ai lancé trois lignes à la flotte, les doigts croisés.

Tu es le premier fil qui s'agite, pas mal pour une eau tranquille qui n'annonçait pas de prise.

Ta description est sans verbiage, un peu mystérieuse. Heureux de constater que dans mon filet, tu te révèles dégourdie, comique et éloquente. Ça m'attire comme un achigan voyant son premier têtard entre deux eaux printanières, un matin ensoleillé.

Toutefois, je suis chagriné par tes dernières lignes qui sonnent comme une remise à l'eau. Je me sens comme ce prince abandonné de *Cendrillon*; j'ai dans la main une chaussure virtuelle que je m'empresse d'essayer à toutes les sirènes de tous les océans.

Je nous trouve assortis comme deux souliers gauches. Tu m'as fait rire, la vie est courte et nous sommes malins, on verra.

Je vois bien sur ta fiche que tu ne recherches pas une correspondante, mais à ta taille, si tu es malade mental, je suis dans le trouble. Apprivoisons-nous aux mots, tu as le talent et ça me permettra d'anticiper si tu as aussi celui de me découper en morceaux et de m'expédier à travers le Canada.

Je t'offre le spécial « introduction rapide », puisque tu disparaîtras au dernier coup de minuit, je te file mon mail. Il se peut que j'aie quelques ennuis avec Internet, sois clément.

d

Difficultés avec les Internets, D ? Tu serais ce genre de princesse qui crie à la vue d'une souris, même électronique ?

Deux chaussures gauches ? D'accord, si je suis la semelle plate et toi, le talon aiguille. Tu peux inverser ; ce sera en privé, pour te divertir seulement, Bobinette.

Je suis content de te faire rire. Je suis content aussi que tu me trouves un certain talent d'écriture, j'ai beaucoup de plaisir à le faire… en culotte molle de pyjama à carreaux, t-shirt AC/DC et tuque rouge. Une cerise sur le sexy sundae, dans mon sous-sol mal chauffé.

J'ai aussi du talent en ébénisterie, il est vrai.

Tu m'as démasqué, fine mouche. Oui, toujours dans mon sous-sol mal chauffé, j'ai un bel atelier bordélique, des scies pour découper, des étaux pour écarteler, des pinces à dépecer et autres instruments qui inspirent des esprits malades. Mais sois sans crainte, si tu venais chez moi, je ne t'expédierais pas à travers le Canada, je te garderais pour moi, en lambeaux pour me faire des costumes avec ta peau, en vaillant petit tailleur.

Les frères Grimm sont des enfants d'école.

Il était une fois un vilain petit canard qui n'attendait que le baiser de sa princesse pour cracher le gros morceau dégueulasse que la vilaine sorcière lui avait fait bouffer. Tout empoisonné qu'il était, il cherchait sa charmante comme on cherche son chien dans une botte de foin. Arrivé à la clairière, sans peau d'âne ni allumette pour se chauffer, il bouffa des cailloux, se faisant passer pour un grand loup. Ne soupçonnant pas le subterfuge, elle vint à lui en arc-en-ciel, en chaperon rouge et souliers de paillettes assorties. Le vilain petit palmipède devenu plus gros que le bœuf se changea en grenouille. Ils s'embrassèrent et vécurent plus longtemps que la fin des temps. Ils n'eurent pas d'enfant parce que le batracien était vasectomisé, mais ça ne les empêcha pas de fourrer.

Je crois que je t'attendais.

C'est ce que je disais, tu trafiques de la drogue, à la solde des Hells. Tu es un Montaigu et je suis une

Capulet. Oublie-moi, Roméo, pas envie de prendre une brosse à la ciguë.

Et puis drop *le sarcasme, tu ne seras pas de taille. Outre la plomberie et l'électricité où je pourrais être nonote, tu ne me verras pas souvent en manque de vivacité. Mes difficultés internet s'expliquent par un cauchemardesque chantier de rénos qui ne finit plus et qui ne permet pas une installation internet pour l'instant. Je n'ai que mon téléphone, deux pouces et un petit clavier. Tu vois, tu me soupçonnais peu dégourdie, alors que franchement, j'étais motivée.*

Je n'aime pas les questions, j'aime les offrandes, Shéhérazade, ouvre-toi.

Je vais me coucher.

D,

Excuse-moi. Je ne te soupçonnais pas d'être nonote, si tel avait été le cas, je me serais volatilisé avant minuit. Tu es motivée, j'en suis très heureux. Sache que je n'ai pas une once de malice et que le sarcasme me serait plus toxique que la ciguë que nous ne boirons pas.

J'ai pensé que *La Belle et la Bête* nous convenait mieux, finalement. Avant que tu l'interprètes de travers, je prends le rôle de la bête, ma belle.

Je m'ouvre. Entre sucré et salé, je choisis salé, entre l'Europe et le Sud, Paris, Radio-Canada avant TVA, culture avant sport, famille avant amitié. J'ai un travail décent qui peut s'écrire même sur des formulaires du gouvernement.

Mais j'y pense, si ta maison est inhabitable, je pourrai t'abriter quelque temps, si tu veux.

Je vais me doucher.

Bon, on va faire une affaire claire tout de suite, ma bête : désolée, je ne suis pas belle. Intelligente, créative, utile, mais pas belle. J'ai été hyper complexée, maintenant je m'en fous. Les filles que je trouvais belles le sont de moins en moins, et ne seront certainement pas jolies rendues à l'hospice, les dents dans le verre d'eau. De plus, la grosse moyenne a pris du cul, pas moi, et si je dois admettre que je n'ai plus tout à fait la même forme qu'à mes vingt ans, je suis encore habillable.

Habillable, tiens, ça me fait rire de penser à nos têtes devant nos garde-robes respectives. Choc mutuel appréhendé.

Mais vraiment, Paris, Radio-Canada ? Quel surprenant personnage tu fais, la bête…

Merci pour l'offre d'abri, sans façon, je suis persuadée que tu as des posters de Mötley Crüe dans ta chambre. Je dormirais mal.

Je vais me moucher.

Tu ne te trouves pas belle ? Sans problème pour moi, mieux même si tu vis bien avec ça, une bonne chose de faite. Laisse-moi juger comment je te trouve, on est beau ou laid dans les yeux de ceux qui nous regardent. Moi, si tu me trouves mignon, ça me va, sinon, qu'on regarde ailleurs.

Ma myopie, ma presbytie et mes cataractes m'empêchent de bien voir ta photo. À première vue, avec mes lunettes, ma loupe et mes jumelles, tu me sembles présentable, plutôt belle. On verra, mais je m'en fous aussi, « l'essentiel est invisible pour les yeux ».

C'est sûr que tu ferais un saut en voyant ma penderie, rien qui ne se porte à Versailles ou par la Souris verte… que des chemises à carreaux, des t-shirts heavy metal, des combines à panneaux.

Oui ! Radio-Canada ! Sous mon air de gros rocker bedonnant vivant du BS et demeurant à Montréal-Nord, j'ai une certaine culture, j'aime l'intelligence des autres. Ouais, Paris, pour la butte Montmartre, se recueillir sur la tombe de Jim, ben oui Jim Morrison, pour le rocker que je suis, je ne pouvais passer à côté sans le saluer. En passant, je vais te défiler les noms des interprètes de mes CD sur la première tablette du meuble que j'ai confectionné, oui, j'ai du rock et aussi d'autres choses. En ce moment même, j'écoute Philip Glass, *The Photographer*. OK, je commence : AC/DC, Adele, Aerosmith, Alain Souchon, The Alan Parsons Project, Alanis Morissette, Alannah Myles, Alice in Chains, Alys Robi, Andrea Bocelli, Andrée Watters, Apocalyptica, April Wine, Arcade Fire, Autour de Lucie, B. B. King, BTO, Band of Skulls, Beast, Beastie Boys, Beck, Blink-182, Bob Dylan, Boom Desjardins, Boston, The Brian Setzer Orchestra, Bruce Springsteen, Buena Vista Social Club, Cat Stevens, Catherine Durand, Champion et ses G-Strings, Chantal Kreviazuk…

C'est la première rangée, il en reste sept autres.

J'ai aussi du Mötley Crüe mais pas de poster dans ma chambre. Et qui te dit que je t'offrais mon lit, j'ai une chambre d'ami qui sent le patchouli, tu dois aimer ça. J'ai des galettes aussi, chaperon rouge.

Parle-moi de toi.

Je vais loucher.

Eh ben. Tes CD sont en ordre alphabétique, tu sais lire. Je vais être low profile *sur la musique, je n'ai pas une grande culture musicale. Mes choix de morceaux s'apparentent plus à une liste nécrologique qu'à une liste de chanteurs.*

Le patchouli ? Mauvaise piste, bourgeoise, pas granola. J'aime un peu de lavande sur les draps, ou Rose 31, *du Labo, une odeur toute raffinée qui ferait avorter des moufettes.*

Te parler de moi.

J'ai autant de temps de loisir que tu as de cheveux. On a beaucoup fanfaronné mais dit très peu, finalement. Je gosse quelque chose dès que j'ai une minute. Je viens de finir une mosaïque dans ma salle de bain, et je vais finir les tablettes de mon garde-manger aussitôt que la neige aura assez fondu pour retrouver ma scie à onglets dans le cabanon chez un ami. Autrement, je ne sais pas pourquoi, j'ai l'impression de dire ça pour rien, j'ai une fille noire de huit ans et un chien de 150 livres. Ça occupe.

Je vais travailler, grand loup.

Une petite fille de huit ans, tiens, tiens, le chat sort du sac…

Oui, mes CD sont en ordre alphabétique, c'est la seule chose de classée.

Bon maintenant voici ma deuxième rangée. Charles Aznavour, Charles Dutoit, Cheap Trick, Chris Botti, Chris de Burgh, Chris Isaak, The Clash, Claude Léveillée, Cœur de Pirate, Colin James, Les Colocs, Compay Segundo, The Corrs, The Cranberries, CCR, Crosby, Stills, Nash & Young, Crowded House, The Cult, Damien

Robitaille, Daniel Bélanger, Daniel Boucher, Dave Brubeck, Dave Matthews, David Bowie, Depeche Mode, Diana Krall, Diane Dufresne, Dire Straits, Don Henley, The Doors, Duke Ellington, Eagles, Édith Piaf, Elton John, Elvis Presley, Emerson, Lake and Palmer, Emma Chaplin, Enya, Eric Clapton, Éric Lapointe. Je te fais la troisième demain.

Bourgeoise, comme ça, excitant pour un gros rocker… Une bourgeoise raffinée qui aime la lavande et les fleurs et un rocker trash qui astique les *pipes* de sa moto. Bobinette et Terminator…

Si tu es pressée de finir ton garde-manger, je t'offre ma scie à onglets jusqu'à l'été. Je t'offre aussi de le faire.

Je vais prendre une bière.

Il était une fois un chat qui avait des bottes de 1000 lieues. Tellement grosses que le pauvre félin n'avait jamais pu les entrer dans un sac.

Avant que tu ne croies que mon nez allonge à tout vent, Geppetto, je vais te faire ma vie avec autant d'exactitude que ta liste de CD.

A atypique. J'ai adopté seule à quarante-sept ans, une Haïtienne, alors que j'avais toujours été en couple, que je suis fertile et que ma mère est raciste.

B brave. L'arrivée de ma fille, après le séisme, a été la chose la plus difficile que j'aie vécue, pourtant, je suis encore debout.

C cuisiner. N'importe quoi, tout sauf une recette.

D Diane Lavoie, Radio-Canada. Si tu ne m'as pas googlée, *et que tu ne savais pas déjà tout ça, je m'appelle Luc.*

E ennui. Je m'ennuie très vite en manque de stimulant.

F fin. Je ne vois pas comment on pourrait vivre heureux jusqu'à la fin. Pour le moment, le conte que nous écrivons me suffit.

G gestion. Je n'ai pas beaucoup de latitude.

H histoire. J'en ai plein à conter. Des histoires à dormir debout, des histoires de peur, des histoires pour border. Aucune ne devrait t'ennuyer.

I ironie et sarcasme. Attache ta tuque, je dégaine vite.

J jeune. Je n'ai pas peur de vieillir, je vieillis. Je fais du damage control *et j'ai encore la rébellion adolescente, bien vigoureuse.*

K kréative. Au point de challenger l'alphabet.

L lucidité. Attache ta tuque, je dégaine vite.

M mâle alpha. J'ai besoin d'un mâle alpha qui ne me laisse pas le retourner dans ses shorts avant qu'il ait eu le temps de dire «pardon matante».

N néanmoins, ma fille a un père.

O oh. Oh que c'est long d'expliquer pourquoi elle a un père.

P poule de luxe. J'aime les belles choses.

Q queue de veau. Pour gagner des sous, pour mes responsabilités, pour m'occuper de ma fille, pour finir la maison, pour aider, pour recevoir, pour promener le chien, pour, pour… je n'arrête jamais.

R repos. Je rêve d'avoir un break.

S salaire. Je ne suis pas riche mais je gagne assez bien ma vie pour en rouler très large. Je ne veux plus m'associer à quelqu'un de plus pauvre que moi.

T tabarnak. Mon sacre préféré, je sacre plus vite que mon ombre.

U une chose et son contraire. C'est comme ça que je peux être décrite, et tout se tient.

V vivante. Je suis désespérément vivante même si j'ai des pulsions de mort quotidiennes, une chose et son contraire. J'aime marcher dans les flaques d'eau, boire et bien manger, j'aime rire et ne jamais reculer, j'aime les fleurs et les belles odeurs, j'aime aimer.

W Walt Disney. J'ai cinq ans quand j'entends le thème ou que je vois la fée Clochette illuminer le château.

X xxx. Sexe, je suis totalement fonctionnelle. Parce que l'offre vieillit aussi, je trouve de plus en plus difficile d'être attirée.

Y yessss. *J'ai été en mode « non » trop longtemps.*

Z Zappa. Inutile de te rendre à Z, j'ai compris, tu ratisses large.

Je vais promener le chien.

Eh bien, Luc, je n'en savais rien. Je n'ai pas de plaisir, comme certains, à pitonner, à traquer, fouiller, envahir. Je suis plus à l'écoute qu'autre chose. Tu m'as mis la puce à l'oreille, j'ai creusé, je t'ai trouvée. Je lève mon chapeau bien haut devant non pas une, mais deux petites femmes déterminées et profondément blessées.

J'ai bien aimé ta liste, concise, allant droit au but tel un Maurice Richard devant Terry Sawchuk. J'aime ton écriture, je profiterai de toi intellectuellement jusqu'à ce que tu te tannes, je vampiriserai chacune de tes phrases.

Ton rythme n'est pas le mien, chère dynamo, je procrastine à volonté, j'attends, je rêve. J'attends quoi, je rêve à quoi, je ne le sais pas.

Je suis incognito dans la masse, tu me *googlerais*, *niet*, *nada*, rien. Si ce n'est qu'une histoire de vol de banque et de contrebande de perroquet fourré à la cocaïne.

Ne me réponds pas, je te reviens demain.

Je vais acheter un livre.

Il s'est passé douze heures. J'ai pensé qu'un prince qui se donnait la peine de me lire connaîtrait plus que ma pointure et mon goût pour les souliers de vair. Qu'il aurait le loisir de trouver la soupe trop chaude, trop froide ou parfaite, d'escalader ou non ma longue tresse vers ma tour cadenassée, ou de me laisser mourir avec la pomme empoisonnée.

Je n'ai pas peur de toi, Diane Lavoie.

M,

La vie s'est chargée de me faire une leçon. J'ai rencontré un autre garçon, J, qui n'était pas du tout ce que j'anticipais. J'avais parié pour une attirance incongrue, je nous voyais en paire désassortie, au mieux, liée au jus d'organes sexuels. C'était tout le contraire. Il était parfait, un brin rebelle. Un garçon très gentil, intelligent, attentionné, délicat. Le genre qui m'aurait aimée toute sa vie, avec toute son âme. Et moi ? Rien. Rien du tout. J'aurais pu l'apprécier, en prendre soin, j'aurais même pu le mériter ! Mais rien, rien du tout, aucune attirance.

Ça te rappelle une sale histoire ?

On s'est engagés avec nos têtes dans des chemins de phéromones. Toi, moi, lui et toutes les autres lettres de l'alphabet. Les rencontres virtuelles commencent à l'envers, on se parle de nos vies et ce n'est qu'après qu'on se sent les organes comme le font les chiens. Après et trop tard. On va sur RR en cherchant le grand A de l'amour et on revient déçus, avec le petit a de l'amitié.

Pas nous. J'ai échoué à mon test de phéromones, j'ai dû avoir un n minuscule, next.

J'ai encore parlé sans arrêt, moi aussi. Je ne voulais pas qu'il croie que je lui faisais de la place… J'avais peur de laisser des silences et qu'il en profite pour me demander s'il me plaisait ou pire, qu'il avoue que je lui plaisais. Comment s'échapper ? Comment dire « je ne t'aime pas ».

Je ne trouve pas, moi non plus.

Il n'y a rien à faire, rien à changer, il est ce qu'il est et je ne l'aime pas, je suis ce que je suis et tu ne m'aimes pas. C'est tout. On peut varier la façon de le dire, brutalement, en détour, ne rien dire et laisser l'autre s'en apercevoir, faire semblant… on peut bien chercher la façon de ne pas faire de peine, elle n'existe juste pas.

Ça fait de la peine de ne pas être aimé. C'est tout.

C'est aussi triste de rejeter que de l'être. Et puis c'est triste de penser que même si on souhaite très fort changer les choses, on ne le peut pas.

d, secouée

M,

Tu t'écris des scénarios ? Tu sais le genre d'histoire qu'on invente pour refaire sa vie à sa convenance ?

Hum… je crois bien que oui, tout le monde doit le faire. Remarque, personne n'en parle. Ça doit être ça le fameux jardin secret auquel tous font allusion, la *place arrangée avec le gars des vues où ton incarnation sublimée peut aller se perdre dans le délice. C'est difficile d'avouer que nos jours sont insatisfaisants, d'admettre qu'on n'a pas brillé dans une occasion de briller... Je n'aime pas cette vie-là, c'est possible d'en avoir une autre, non ? D'accord, je vais me débrouiller. Je vais tomber dans la lune et gagner la loterie. Recevoir un téléphone qui va tout changer, faire une rencontre inouïe... Laissez-moi faire, je vais rêver les existences que je désire, même debout, surtout debout, sans dormir. À chaque moment où j'ai la tête baissée, l'air absent, je suis ailleurs ; le Cirque du Soleil m'engage, je gagne un prix littéraire, je tombe sur Hugh Jackman. Je me fais toutes sortes de petits cadeaux que je ne crois pas mériter réveillée. Chaque soir, au coucher, je réécris ma journée. Je la reprends en disant exactement le bon mot au bon moment, si j'avais été plus vite... j'aurais dû dire à l'actrice fatigante que la petite tache sur son pantalon est moins visible que la grosse dans ses culottes... J'ajoute des figurants ou j'en enlève, mon maquillage est impeccable et j'ai un budget hollywoodien. Parfois, ce n'est rien de très extravagant, je refais la journée en corrigeant un petit événement, je n'aurais pas dû crier après ma petite poulette, elle ne méritait pas ça... Parfois, je rejoue mes films en boucle, changeant un détail ou la fin, parfois je n'y change rien, je les rejoue pour me vautrer dans un destin parfait.*

Certaines personnes disent qu'elles ont un hamster dans la tête, moi j'ai Spielberg.

Et si tu m'écrivais, si tu me disais... je suis désolé, je veux te prendre dans mes bras, au propre et au figuré. Je fais un X sur la carte, rejoins-moi à 7 heures.

Est-ce que je te parlerais de la souffrance qui est remontée, de la peine que tu m'as faite ? Est-ce que je te parlerais de la peur que tu as semée, de ma confiance trouée ? Est-ce que je te dirais d'attendre que j'y pense un brin ? Est-ce que je t'expliquerais la méfiance à m'engager à mon tour ? Est-ce que je perdrais du temps, encore ?

Je sauterais dans le vide, en bungee, en parachute, dans les profondeurs, dans la noirceur ou dans la clarté. Je prendrais le train qui rend jusqu'au ciel. Parce que tous les remparts qu'on érige en déception et en tristesse, toutes les protections qu'on engraisse à la prudence ne servent, en vrai, qu'à effrayer, ralentir, retenir. Et parce que ne pas oser la réalité, c'est se condamner à rêver une existence qui ne sera jamais.

Je ne te reprocherais rien, je risquerais de vivre et oui, d'aimer.

d

M,

Ce sera dur à croire.

Tout le monde parle à ses morts. Non ? Moi, oui. En fait, j'en avais un préféré, Denis. C'est un ancien amoureux, un beau garçon intègre avec plein de belles qualités. Je sais qu'on dit toujours ça des morts sauf que lui c'est vrai. Denis est mort au travail, il est entré un beau matin d'été en disant: «Appelez le 911, je ne vais pas bien.» Il s'est effondré le matin de ses cinquante-neuf ans. Chier, vraiment.

Toujours que, depuis sa mort, Denis et moi avions des conversations, un peu comme celles que nous avons maintenant. Dans son état, il était plus justifié pour lui de ne pas répondre que toi. Je m'accommodais de son silence, il n'avait jamais été très loquace, même vivant. J'ai demandé à Denis de m'aider quelques jours avant notre « rencontre ».

« Écoute, tu me connais bien, j'en ai marre de la solitude. Et puis pour ma fille, je crois que je serais plus joyeuse avec un amoureux et si nous avions une famille. »

Bullshit.

Ça ne s'est pas passé comme ça. Dans les faits, j'étais dans ma position du désespoir, couchée sur le dos, les bras en croix, tous les os du corps déposés sur le plancher en abandon total. Je pleurais à digues rompues, les paumes ouvertes au ciel, offrant ma souffrance comme un animal sacrifié pour un peu de paix. Non, trop poétique. Offrant ma souffrance comme une tumeur cancéreuse ou un litre de gras liposucé. Je n'en voulais plus.

« Denis, aide-moi. »

Le soir où tu m'as donné rendez-vous, juste avant de tourner à l'église où nous devions nous voir pour la première fois, j'ai vu l'école secondaire de Denis. École Sophie-Barat. J'ai souri, j'ai remercié Denis. Lui qui avait toujours été si fiable me tenait la main vers toi, tu devais être une bonne personne. Puis, après la soirée et quelques verres de vin, quand je ne voulais pas conduire une trop grande distance par prudence et pour étirer le temps passé avec toi, tu m'as proposé d'aller chez toi. Tu m'as donné ton adresse, exactement la même où j'avais habité avec Denis quelques années auparavant. En entrant dans le building, j'ai éclaté de rire un peu nerveusement.

« Denis, c'est toi ? Merci… »

On a tous nos façons de se valider, de se convaincre qu'on est à la bonne place, au bon moment.

Je n'ai pas besoin de t'expliquer pourquoi j'ai boudé Denis depuis presque un an maintenant. Il me manque. Il me manquait déjà d'être mort sans prévenir, je crois qu'il est temps qu'on fasse la paix.

d

M,

Je suis retournée à la mer, délibérément seule. La mer est comme une confidente pour moi, j'en aime la puissance, la constance. Comme les astres, elle était, elle est, sera avec ou sans moi. Ça me rassure.

Je me suis assise ce matin, sur sa plage. Surrender. *J'ai laissé le bruit des vagues remplir la moitié de ma cervelle hyperactive pour ne laisser de place qu'à l'essentiel. J'ai tout à coup senti à quel point nous sommes seuls de la naissance à la mort et comment l'accompagnement que nous procure l'amour de nos proches n'est qu'un baume sur une réalité aussi dure et immuable que le sont la mer, le vent, les astres et la bataille que livrent tous les autres animaux le temps d'une vie.*

Je suis venue seule à la mer pour accepter cet état, pour me rendre aussi forte qu'elle. Pour ranger mon sabre et ne plus me battre, pour m'offrir humblement à ce qui sera moi, seule ou non. Pour me donner le droit d'exister même sans être aimée.

Et puis, si je veux être franche et cesser de radoter sur ma solitude, peu de choses sont vraiment différentes seule. Ici, le soleil est aussi chaud, la mer décline autant de tons de turquoise et d'indigo, les petits crabes s'enfuient à la même vitesse sur la pointe des pinces, le jasmin embaume autant, le manger, toujours mauvais. À Cuba, la nourriture est une question d'alimentation, voire de nécessité. À se demander si la clientèle confite dans son gras de crème solaire et le sel de mer n'aurait pas meilleur goût. Peut-être que si les repas étaient plus que «comestibles», ça me rappellerait que les bonnes tables se partagent et que la compagnie me manque. La volupté manque un peu aussi, encore que si on est prêt à consommer local, rien n'oblige à jeûner. Non, en toute sincérité, il n'y a que la crème solaire au dos qui est un vrai problème.

La nature ici est si différente de celle que nous connaissons plus au nord. Elle y est tellement vivante, sans froid pour la reposer ou la tuer, sans urgence pour pousser et se reproduire. Elle est vivante sans destin et elle meurt fatiguée de trop de vie. Cela me force à avoir un autre regard, une autre perspective. Si seulement je pouvais sentir la force que j'ai de me tenir droite dans les tempêtes, d'être l'appui, la ressource de ma fille et de mon chien. Si je pouvais me créditer l'énergie que je mets à les défendre et à les protéger, pour les rendre heureux ou complets, l'effort que je mets à nous construire une belle vie, pleine de beau et de bon, de vivant. L'effort que je mets à me réparer. La fermeté que j'ai devant l'injustice ou l'intégrité à soutenir parfois des valeurs malmenées. Si je pouvais arrêter de me reprocher tous les «Je t'aime» qu'on ne me dit pas, sûrement que bien au-delà de mes traits, je pourrais me trouver belle et poursuivre plus facilement.

À la mer: je jure sur le sommet de ta vague la plus haute que je laisserai maintenant la solitude m'accompagner. Que si un garçon se présente à moi, mon amoureux et qu'il se reconnaisse, j'avalerai mes sarcasmes, mon ironie, mon défaitisme, mon manque de foi. Que j'aurai l'optimisme de la communion, que je prendrai soin de lui et ne lui reprocherai pas son retard. Que je sais ce que je peux faire seule, que mon compagnon ne sera pas une nécessité ou un dû mais un cadeau. Qu'il n'y aura pas entre nous ces regards vides ou tendus, ces quotidiens corrodés de tâches et de responsabilités. Pas de ce lent désintérêt, cette négligence des couples morts-vivants, à l'amour mal entretenu. Nous ne serons pas d'anciens amants ignorant qu'ils se fuient en se tenant la main, incapables de sourire, même ici, en vacances au paradis.

Je crache dans ton sable.

M, je te suggère Adagio for Strings, *Samuel Barber. Interprété par n'importe qui. Je ne suis pas mélomane, je l'écouterais joué par La Bottine souriante. C'est un grand classique convenu, à écouter pour pleurer, vivre, mourir et qui sait, pour renaître.*

Mathieu,

Je ne t'écrirai plus.

J'ai oublié tes traits, ta voix ne résonne plus. Je ne peux plus rebaptiser tous mes malheurs à ton nom. C'était pratique, tu vois, de penser que si tu ne m'avais pas rejetée, j'aurais été heureuse. C'était apaisant de m'enlever la responsabilité de mon bonheur en te donnant celle de mon chagrin.

On aime parfois des gens pour de drôles de raisons. Tu sais, les amis d'enfance qui se sont mis à avoir des activités ou des comportements incompréhensibles, dans des vêtements qu'on ne ferait pas porter à ma vieille tante de Gros-Cacouna, en mangeant du manger du début du siècle. Tu vois ce que je veux dire ? On les a connus petits, on s'est attaché et en n'ayant plus rien en commun, sans même se questionner, on les aime. Ça arrive aussi avec la famille et les chiens.

Tu sais, les mots «je t'aime» ont le poids des cœurs à qui on les destine. Ceux qu'on dit lentement à des amours ou ces amis de longtemps sont pleins de sens et d'histoires, pleins de nuances et sans condition. Ils apaisent et de leur densité, nous attachent à la terre, plus solidement que la gravité. Ceux qu'on dit avec plus de légèreté, comme des bulles de champagne, remontent le corps et éclatent à la tête, ces «je t'aime» sont pleins de joie, de vie et d'espoir. Il y a aussi ceux dont on ne saisit pas très bien la raison, qui sont intuitifs, proviennent de la peau, du ventre ou d'un autre organe vascularisé. De petits vampires qui vivent dans le sang.

Je ne sais pas toujours la nature de mes «je t'aime» et je ne connais pas le poids de ton cœur non plus... Mais je t'aime.

Dans ma traversée du désert, certains soirs, je me suis abandonnée à mon fantasme de toi, le seul vaisseau qui pouvait m'approcher des étoiles, quand la gravité était trop lourde. J'en avais besoin pour me consoler. Ou grandir. Aussi, je te demande pardon. J'ai pu te blesser en te tourmentant avec mes courriels pendant presque un an.

Peut-être avais-tu une famille entière que tu as tuée en conduisant vers un accident de la route, un jour clair sans excuse. Peut-être as-tu une peine impossible à surmonter, une peine indicible. Peut-être que ça explique pourquoi tu parles sans arrêt, de peur que le silence trahisse ton émoi ou qu'il te laisse penser. Peut-être es-tu juste un trou de cul, un innocent assez lucide pour savoir que je t'aurais démasqué, une fois apaisée, quand tout l'aveuglement inhérent aux premiers moments aurait été éjaculé. Peut-être as-tu eu un cancer affreux qui t'a arraché toute la tuyauterie de mâle et tu n'arrives pas à assumer ton handicap. Peut-être es-tu juste un petit poulet sans plume, incapable de picorer plus que quelques grains de bonheur et quand tu as vu mon gros appétit, tu t'es dit qu'il valait mieux fuir que d'être gavé comme une oie.

Je suis désolée de t'en avoir voulu.

Aussi, je te remercie de ne m'avoir causé qu'une peine théorique, idéologique. Je n'ai pas eu à exsuder un envoûtement de mon corps. Tu sais, le genre de peine physique qui force à se relever d'une séparation comme on se relève d'une chirurgie. Comme si le cœur t'était véritablement arraché, comptant les heures et les jours, attendant que la douleur soit moins vive et qu'une cicatrice la remplace. Je n'ai pas dû dormir dans des draps sales parce que les laver allait me séparer à jamais de toi, je n'ai pas eu à chérir des miettes, tes acariens et tes peaux mortes. Pas dû utiliser ta brosse à dents pour m'approcher de ta bouche. Pas eu à m'asperger de ton parfum au magasin pour te sentir encore. Pas dû réciter tes mots d'amour en chapelet, pour essayer de nourrir les papillons mourants dans mon ventre.

Je te remercie d'être disparu sans m'avoir touchée de tes mains.

Et si j'écrivais un dernier scénario ? Et si cette dernière fois, tu me répondais avec tes plus beaux mots ou si tu t'arrangeais pour être sur mon chemin, une belle journée de cet été qui revient ? Et si tu sonnais à ma porte, qu'en ouvrant je sente de ta bouche l'odeur de la petite languette Listerine qui donne une haleine fraîche ? Je serais touchée de ton souci pour moi. De cette petite attention, je saurais qu'avant de sonner et même avant de venir, je comptais, déjà ou enfin. Et cette fois, à mon regard, sans même te parler, tu saurais que je sais qui tu es, vraiment. Mon sourire te permettrait de respirer d'aise à l'idée de ne plus être ce silencieux solitaire, cet Ovide Plouffe d'un monde où il n'a pas de place. Je pourrais même entendre les mots que tu ne veux pas dire. Te consoler des larmes que tu ne pleures pas.

Puis, sans que ce soit une décision, sans penser à mettre nos mains dans nos mains, ou nos bouches sur nos bouches, sans se demander si on peut ou on doit, nous serions pressés l'un contre l'autre, à pénétrer, toujours sans mot, plus que la surface, même habillés. Dès lors, le temps se compterait en exultations, en vie, en orgasmes, en humanité, nous serions intemporels. Dès lors, seul ce qui reste de cette vie d'écorchés compterait.

Jusqu'à mon dernier jour, l'odeur de Listerine me ramènerait à ce moment où nous aurions fusionné et me détremperait de tous les stimulants que le cerveau sécrète quand il est comblé.

Fin.

Puisses-tu être heureux.

Je te suggère une dernière chanson. Toute ta lettre *d'Edgar Bori.*

d

J'AVAIS RENCONTRÉ NEUF CANDIDATS

J'avais écrit des centaines de pages, j'étais tombée sur des illettrés, des fous, des intéressants, des souffrants, des inutiles, des filles déguisées en gars, des nains de jardin, des trop jeunes ou des trop vieux. Des fins pas disponibles, des pas fins disponibles. Et Coquette. Devais-je vraiment faire l'alphabet au complet ?

On a toujours le choix de vouloir fort, fort et de tout faire pour obtenir ce qu'on veut, d'accepter de ne pas l'avoir ou de ne plus le vouloir. Un voyage, une santé, un enfant, un amant, une carrière. Même combat. Choisir, persévérer, investir, renoncer, abandonner. Des tas de verbes à l'infinitif, une seule volonté. Est-ce courageux de ne pas renoncer, sage de le faire ? Est-ce idiot de s'en remettre au hasard ? Ou de défier ce même hasard qui nous pointe du doigt et nous sacre célibataire, grosse, chômeuse ou insatisfaite ?

Quand doit-on abandonner ? Quand devient-on pathétique de ne pas comprendre que la vie nous dessine un autre plan ? Y a-t-il vraiment un plan de dessiné ? Sommes-nous les dessinateurs de nos vies ? Quand un cancéreux passe-t-il d'un lutteur courageux à un condamné qui n'accepte pas de mourir ?

Je me rappelle, il y a quelques années, au travail, une histoire de syndicat. Je n'étais pas dans la boîte depuis longtemps et je n'avais pas trop compris les règles, peu importe, je me suis retrouvée vraiment perdante dans une situation de remise de cotisations aux membres. Une situation à laquelle je ne pouvais rien changer. Pourtant, tous les matins pendant trois semaines, je me suis assise au bord de mon lit, la bedaine par-dessus les petites culottes, le dos rond, décidée : *FIGHT BACK !* Ben oui, ne pas renoncer, lutter. Est-ce que l'impuissance nourrit la volonté ?

Je ne sais pas, mais j'ai une volonté *overweight* qui me force à continuer, toujours, même quand je n'ai aucune chance de changer les choses. Alors, chercher un amoureux, encore ? Stop ou encore ?

Je n'arrivais pas à juste segmenter mon épicerie pour augmenter mes chances de rencontres, à promener le chien dans des parcs différents, à aller à tous les événements où il y a du monde que je ne connaissais pas. Je n'arrivais pas à attendre, passive, à laisser le destin choisir pour moi.

FIGHT BACK !

Je n'avais plus la foi, plus le courage, plus l'envie. Je n'avais surtout pas d'autre choix. Je suis retournée sur RR.

Kamouraska

Homme / 53 ans / Hétérosexuel / Montréal / Célibataire

Son résumé

Homme singulier, par une pensée indépendante et un esprit curieux. Éduqué, cultivé, qui se réjouit de ne pas tout connaître, tendre et passionné, aimant les enfants, capable de s'investir et empathique. Bel homme (?), simple et sans prétention aucune, facile à vivre. J'accorde de l'importance à la confiance, à la loyauté, à la responsabilité, à la fidélité, ainsi qu'au romantisme, bien sûr.

Ses détails

Buts sur le réseau : Amour
Taille : 1,83 m... 6'
Apparence physique : Très bien
Couleur des yeux : Bleus
Couleur des cheveux : Noirs
Silhouette : Athlétique
Ethnie : Blanc
Religion : Autre
Signe du zodiaque : Verseau
Situation financière : Aisée
Scolarité : Maîtrise
Occupation : Employé
Nombre d'enfants : 1
Désire des enfants : Non
Fumeur : Non

Ses intérêts

Cultivant le rationnel, mais flirtant prudemment avec l'irrationnel, je suis surtout prêt à assumer mes contradictions. Je pense que nous en avons tous, c'est ce qui à mon avis fait la « substantifique moelle » d'un être. Mes contradictions se nomment « intellectuel et fleur bleue », « Bach et Céline Dion », « détermination et remise en question », « pleurer en étant fort », « lézarder au soleil et aimer l'hiver ». Je privilégie le parler vrai, la pensée cohérente (changer d'avis n'est pas forcément incohérent, au contraire). Politiquement intéressé mais encore peu engagé, aimant les voyages mais sans en faire une raison de vivre, de même pour le sport (trois fois du jogging par semaine, été comme hiver), privilégiant d'emblée la confiance, même dans les affaires. Je suis employé depuis vingt-six ans. Sensible aux mots et à la justesse de ceux-ci sans en faire un snobisme, aimant les débats, les réflexions à plusieurs, mais préférant les rencontres et les échanges à deux, ou en petit groupe. Homme équilibré bien que « tordu » par mes névroses (et là je ne veux faire peur à personne, je prends ce terme au sens psychanalytique) comme nous le sommes tous, j'ai investi dans la sincérité, la confiance, le travail sur soi, la méditation, l'acceptation de la différence, le dialogue et la lucidité.

Père d'un jeune adulte prenant son envol, j'aimerais rencontrer la femme qui m'accompagnera dans la deuxième partie de ma vie. Je cherche une femme qui, comme moi, a une vie personnelle et professionnelle accomplie. Une femme qui n'attend pas l'amour comme une bouée de sauvetage, qui cherche à développer une cellule, celle du couple, forte, faite de confiance en premier lieu et de tendresse infinie aussi, de partages profonds et de maturité, de remises en question acceptées et sereines. Je cherche une femme qui a assez vécu, souffrances et joies, pour savoir qu'il faut chercher les faiblesses chez l'autre non pas pour le rendre coupable, mais parce que c'est là que se situent l'Être et la vérité. Ce partage de nos faiblesses, connues et reconnues, fera de nous les meilleurs complices. J'aimerais qu'elle puisse m'arrêter par un clin d'œil quand je serai décentré...

J'aimerais rencontrer une femme qui a découvert qu'au-delà de la morale des lois et des règles, il y a le respect, la bonté, la compassion, une femme qui sait vivre et laisser vivre, une femme qui a assez vécu pour savoir qu'aimer c'est se laisser aller, et que pardonner c'est lâcher prise.

Bon. Merci de m'avoir lu jusque-là... tout ce qui vient d'être écrit est pensé, certes, mais doit maintenant laisser place au naturel, à la folie, à la joie. Surtout, j'aime tout simplement faire la cuisine à deux, voir un film, manger au resto, nous promener dans la nature, sur les îles, pique-niquer, bricoler à la maison, décaper un meuble, cultiver nos amitiés, entretenir le bon voisinage... la vie, dans toute sa grandeur et sa simplicité.

Monsieur Kamouraska, existez-vous vraiment?

Oui, Louis existait. Sa réponse était à la hauteur de sa fiche, singulière, généreuse, brillante. Nous nous sommes écrit quelques jours, des pages lucides, vivantes et belles. Bien que ce fût plus qu'agréable, je n'avais plus le goût d'étirer les préliminaires. Lui non plus.

Nous nous sommes donné rendez-vous dans le bar du Nelligan, un endroit chaleureux, assez éclairé pour se voir, assez feutré pour s'entendre.

Un foyer, des sofas, des tables et des chaises droites. L'endroit parfait pour une première rencontre.

Je l'ai texté avant d'entrer : « J'arrive. »

Ouvert sa réponse en posant les pieds dans le hall. « Je suis arrivé. Je te vois, tu te diriges vers le foyer. Je suis là. »

J'ai levé les yeux, il était devant moi. Élégant, grand, souriant, le regard bleu perçant, nerveux. Je ne l'ai pas trouvé beau, étrangement, sans aucune déception. Louis, c'était lui. Louis, celui dont j'avais commencé à aimer l'intérieur, avait cette enveloppe. Ah bon. Dans mon typhon de cerveau, il m'est venu une phrase du *Petit Prince* qui m'avait toujours agacée, comme le Petit Prince d'ailleurs. « On ne voit bien qu'avec le cœur. » Mes yeux avaient des ratés, je voyais bien que son tour de taille n'était pas « athlétique », mais entre mes yeux et mon cerveau, le message se transformait à son avantage : Louis, c'est lui.

Nous nous sommes assis en tremblant. Il ne s'est pas passé deux minutes avant que nos mains se rejoignent sur la table, pas trois avant qu'il m'embrasse les doigts. Pas quatre avant que je me lève et que j'effleure ses lèvres des miennes.

« Ça va ? »

Entre des mots insignifiants, des gazouillis nerveux, nous avions plein de « Ça va ? » attentifs l'un pour l'autre. Anxieux de déplaire, inquiets du malaise de l'autre. Troublés de ce qu'on ne pouvait ni nommer ni toucher, mais qui était. Un sentiment de début et de fin.

Je me calmais à sentir son souci, son attention. Il me regardait plus creux que mes vêtements ou ma peau, et dans ses yeux, bien qu'aucune lettre n'y ait figuré, je lisais « Je sais ». On peut passer une vie à devenir une meilleure personne, autonome et équilibrée, une vie à se soigner et à se rendre fort, on peut finir par se regarder lucidement, avec compassion… mais le plus apaisant vient d'une autre paire d'yeux. Son regard me l'apprenait, je ne pouvais pas tout me donner. Aussi appliquée que je puisse être à finir mon puzzle, les morceaux manquants se trouvaient dans une autre boîte. La sienne, peut-être.

Nous avons parlé, enjoués. Nous nous sommes observés dans de grands moments de silence dont nous émergions simplement avec des « Ça va ? ».

Nous nous étions promis la vérité. L'honnêteté de dire vite et simplement les mots les plus durs : « Tu ne me plais pas » ou « Il te manque quelque chose ». Rien de cela n'a dû être exprimé. À la place, Louis m'a soufflé les plus beaux mots du monde :

« Il n'y a pas de question, Diane. »

J'étais arrivée. Je pouvais déposer mes grosses valises qui ne pesaient plus rien. Mon cerveau s'est mis à produire tous les jus en « ine » qui rendent heureux, dissolvant sans retour la tristesse, la solitude et la vacuité. J'étais aimée. Les semaines se sont succédé sans que s'arrête l'enchantement, sans que cesse la nouvelle chaleur qui m'enflammait. Au milieu de mon corps, quelque chose, un organe incandescent qu'on ne décrit pas dans les livres d'anatomie, me poussait en braises entre le cœur et le ventre.

Quelque chose qui n'existait pas avant lui.

Diane,

Entre aujourd'hui chez moi, comme tu es entrée dans mon cœur, espérée, lucidement attendue et enfin reconnue. Tu peux sonner à ma porte n'importe quand, entre chez moi et tu ne feras alors que rejoindre en chair celle que je porte toujours.

Ton Louis

Louis,

Si tu savais.

Les mots qu'il m'a fallu écrire pour me rendre jusqu'à toi. Des mots de colère ou de douleur, de retenue, d'éclatement. Des mots indécents ou pudiques. Des mots d'amour ou de hargne, de reconnaissance ou de regret.

Des mots d'abandon.

Louis, si tu savais.

Tous les mots compliqués pour m'expliquer des bobos qui n'en finissaient plus de guérir. Des mots de quête, sans renoncement.

Des mots d'abandon.

Tu es venu simplement comme le soleil sur la peau, changeant ma couleur. Mon cœur s'est apaisé et n'est resté de mon ciel tourmenté que le bleu de ton regard.

Je ne suis plus la petite fille mal aimée, plus l'adolescente révoltée, plus la jeune adulte tourmentée. J'ai cinquante-deux années, je suis bien et tu n'es pas un garçon, tu es mon homme.

Louis, si tu savais ma gratitude.

Je dis aujourd'hui que je t'aime pour la vie et j'y crois. Je sais que je t'aime jusqu'à ce que je ne t'aime plus, ainsi est vraiment la vie.

Je sais ce que j'aurai désormais pour toujours. La certitude que ma quête n'était pas vaine.

L'amour guérit.

Louis, tu m'as suggéré d'écouter une chanson. Amoureuse, *de Cali.*

Louis, si tu savais comme je te trouve beau.

Restez à l'affût des prochains titres à paraître chez Libre Expression en suivant la page Facebook de Groupe Librex : facebook.com/groupelibrex

edlibreexpression.com

Cet ouvrage a été composé en Adobe Caslon 12,25/15,3
et achevé d'imprimer en août 2016 sur les presses de Marquis Imprimeur,
Québec, Canada.

garant des forêts intactes[MC]

procédé sans chlore

100% post-consommation

archives permanentes

énergie biogaz

Imprimé sur du papier 100% postconsommation,
traité sans chlore, accrédité Éco-Logo et fait à partir de biogaz.